René Cochaux

À la rescousse de Thierry

Tome 2
d'Aventures dans l'histoire

Illustrations
Sarah Chamaillard

Collection Œil-de-chat

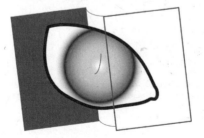

Éditions du Phœnix

© 2011 Éditions du Phoenix et René Cochaux

Dépôt légal, 2011
Imprimé au Canada

Illustrations : Sarah Chamaillard
Graphisme de la couverture : Guadalupe Trejo
Graphisme de l'intérieur : Hélène Meunier
Révision linguistique : Hélène Bard

Éditions du Phœnix

206, rue Laurier
L'Île-Bizard (Montréal)
(Québec) Canada H9C 2W9
Tél.: 514 696-7381 Téléc.: 514 696-7685
www.editionsduphoenix.com

Catalogage avant publication de Bibliothèque et
Archives nationales du Québec et Bibliothèque et
Archives Canada

Cochaux, René, 1963-
   À la rescousse de Thierry
   (Collection Oeil-de-chat ; 32)
   Pour les jeunes de 9 ans et plus.
   ISBN 978-2-923425-57-3
   I. Chamaillard, Sarah. II. Titre. III. Collection:
Collection Oeil-de-chat ; 32.
PS8555.O266A77 2011   jC843'.6   C2011-941379-5
PS9555.O266A77 2011

Conseil des Arts   Canada Council
du Canada   for the Arts

Nous remercions la SODEC de l'aide accordée à notre programme de publication. Nous reconnaissons l'aide financière
du gouvernement du Canada par l'entremise du Fonds du
livre du Canada pour nos activités d'édition à notre programme
de publication.
Nous sollicitons également le Conseil des Arts du Canada.
Éditions du Phoenix bénéficie également du Programme de
crédit d'impôts pour l'édition de livres – Gestion SODEC – du
gouvernement du Québec.

René Cochaux

À la rescousse de Thierry

Tome 2
d'Aventures dans l'histoire

Éditions du Phœnix

À ma fille Anne

Chapitre 1

Muscles et biceps

Alexandre met fin à sa session de clavardage sur Facebook. Tous ses amis, à l'exception de Thierry, son inséparable copain, y ont spécifié qu'ils partiront avec leurs parents pour le week-end de l'Action de grâce. Ils en profiteront tous pour visiter la parenté à l'extérieur de la ville. Alexandre et Thierry seront les seuls à se rendre à la classique Muscles et biceps, une compétition d'hommes forts qui a lieu tous les ans pendant ce même week-end.

Alexandre s'arrête devant le miroir de sa chambre. Il tâte ses biceps et soupire de découragement. Ils sont durs, « durs à trouver », comme le dit son père. En dépit de ses exercices de musculation, le garçon demeure frêle. Son papa a beau lui répéter qu'à son âge, il était aussi chétif que lui et qu'il est devenu costaud tardivement, Alexandre se désole de voir son reflet dans le miroir ; il trouve qu'il a l'air d'un

« bonhomme allumettes ». Il fait des poids et haltères depuis plusieurs mois parce qu'il veut réussir le test d'aptitudes physiques afin d'être admis à l'école de formation des pompiers. Si tout va bien, il aimerait également participer au concours d'hommes forts. Cette année, une surprise, que seul Alexandre connaît, y attend les spectateurs. C'est la raison pour laquelle le jeune garçon quitte la maison si tôt.

— Tu pars déjà pour la compétition, Alexandre ? lui demande son père.

— Je veux les meilleures places, papa. L'an dernier, je suis arrivé trop tard, c'est à peine si j'ai pu voir la compétition. Tu n'as pas changé d'idée, tu ne viens pas ?

— Non, c'est toujours les mêmes qui gagnent. Ça ne m'intéresse plus.

— Curieux, mais j'ai l'impression que nous aurons une surprise cette année, réplique Alexandre en souriant légèrement.

— Pourquoi souris-tu ainsi ?

— Pour rien, papa, pour absolument rien, répond Alexandre, même s'il ment effrontément.

Aussitôt arrivé, le jeune garçon prend les meilleures places. Un siège pour lui, et l'autre, pour Thierry, qui est encore en retard. Alexandre regarde sa montre et constate que la compétition commencera sous peu. Avec son téléphone cellulaire, il envoie un texto à son copain.

« Qu'est-ce que tu fais, Thierry ? Le concours va débuter dans quelques instants, dépêche-toi ! Je suis dans la première rangée et je t'ai gardé une place. »

Au même moment, le maître de cérémonie fait son entrée.

— Mesdames et messieurs, bienvenue au concours d'hommes forts, cette célèbre compétition que vous attendiez tous ! Cette année, la lutte sera chaude, car nous avons le plaisir de recevoir les gagnants de toutes années passées : Jean « le géant », Mario « le costaud », Nicolas « le cobra », Stéphano « le marteau », ainsi que Roger, appelé affectueusement « le rocher ». Ils ont accepté notre invitation en l'honneur du dixième anniversaire de notre compétition. Je vous signale également la présence d'un nouveau compétiteur, un concurrent qui s'est inscrit à la dernière minute : Jean-Louis Cyr, originaire de la région de Lanaudière. Monsieur

Cyr a réussi les épreuves de qualification avec brio.

La foule se met à murmurer, se demandant qui peut être cet homme. Personne n'a entendu parler de ce Jean-Louis Cyr. Les autres compétiteurs le toisent avec une certaine anxiété. Plusieurs spectateurs ont l'impression d'avoir déjà vu ce costaud, mais ils sont incapables de mettre un nom à ce visage familier.

Un seul spectateur, dans la foule, connaît son identité, et c'est Alexandre. L'inconnu en question est nul autre que son ancêtre, Louis Cyr, l'homme le plus fort du monde à la fin du XIXe siècle. Son aïeul est en fait une statue de cire qui a pris un aspect humain grâce à la magie d'un vase antique, exposé au musée d'histoire de la ville. Lors d'une sortie scolaire, Alexandre a découvert qu'en prononçant une phrase inscrite sur le vase, les statues, qui incarnent des personnages marquants de l'histoire du Canada, prennent vie[1]. Ces personnages peuvent même effectuer des voyages dans le temps, à l'époque où ils ont vécu. Alexandre a

---

[1]   Lire René COCHAUX. *Aventures dans l'histoire*, Montréal, Phœnix, 2009, 123 p.

d'ailleurs accompagné Jacques Cartier dans le passé, et ensemble, ils ont navigué à l'époque où l'explorateur a découvert le Canada, en 1534. Alexandre est revenu en 1608, lorsque Samuel de Champlain a fondé la ville de Québec. Il a vécu des aventures dans l'histoire avec Étienne Brûlé, un coureur des bois; aussi a-t-il vécu de beaux moments avec Donnacona, le chef de la nation iroquoise, quand Jacques Cartier a accosté à Gaspé, et avec Jeanne Mance, qui a fondé l'hôpital Hôtel-Dieu de Montréal en 1642.

Alexandre est le seul à connaître ce secret. Il le garde pour lui. Il n'en a même pas parlé à son ami Thierry, car selon une vieille légende autochtone, un objet magique perd son pouvoir lorsque trop de gens connaissent ses propriétés. Afin de garder le secret de la magie du vase, Alexandre et les statues effectuent leurs voyages dans l'espace-temps la nuit ou après la fermeture du musée. Aujourd'hui, c'est une exception. Le musée d'histoire est fermé pour quelques jours en raison de travaux de rénovation. La conservatrice et le personnel en ont profité pour prendre leurs vacances. Ainsi, personne ne peut s'apercevoir de la disparition de la statue de Louis Cyr. Afin de ne pas éveiller de soupçons, l'homme fort a enlevé ses habits et les a remplacés par des vêtements au goût du jour, achetés par Alexandre dans une friperie.

Le maître de cérémonie s'avance et s'adresse à la foule.

— Mesdames et messieurs, je déclare la compétition officiellement ouverte. La première épreuve consiste à déplacer cette charrette remplie de rochers. Elle pèse trois cent cinquante kilos. Les participants doivent la pousser sur cinq cents mètres, et ce, le plus rapidement possible.

Alexandre jette un regard complice à l'homme fort. Au même moment, Thierry fait son apparition. Les deux camarades se saluent à leur façon : ils prennent les visières de leurs casquettes, leur font faire un tour complet sur leur tête et se tapent par la suite dans les mains.

— La compétition va débuter, mentionne un spectateur, regardez !

Alexandre et Thierry se tournent immédiatement vers la scène, où sont réunis les compétiteurs. À tour de rôle, les hommes forts déplacent la charrette. Leurs muscles se tendent, les veines de leur cou gonflent et des gouttes de sueur perlent sur leur front. Certains concurrents échouent, d'autres réussissent difficilement l'épreuve. Le tour de Jean-Louis Cyr arrive. La foule et les autres compétiteurs retiennent leur souffle. Ils vont enfin voir de quel bois se chauffe le nouveau venu. Celui-ci agrippe la charrette et la soulève avec une aisance déconcertante. Le fardeau semble peser une plume au bout de ses bras. Il franchit la distance en un temps record. Médusée, la foule exprime sa surprise. Mario « le costaud », Stéphano « le marteau », Jean « le géant », Roger « le rocher » et Nicolas « le cobra » sont subjugués et voient leur espoir de remporter la compétition s'envoler. Louis Cyr sourit à la foule et ne semble même pas essoufflé !

— C'est incroyable ! Je n'ai jamais vu quelqu'un d'aussi fort ! s'exclame Thierry, encore sous le choc.

— Il est fort, le monsieur, réplique Alexandre, fier de son ancêtre.

Louis Cyr est un phénomène, une véritable légende. Né le 10 octobre 1863 à Saint-Cyprien-de-Napierville, il commence à travailler dans un camp de bûcherons à l'âge de douze ans, et il impressionne ses compagnons de travail en raison de sa force brute. À l'époque, les exploits de Cyr font rapidement le tour du monde. À dix-huit ans, lors d'une compétition qui a lieu à Boston, aux États-Unis, il soulève un cheval. En 1886, à Québec, alors qu'il est âgé de vingt-trois ans, il bat le champion canadien David Michaud en soulevant une barre de quatre-vingt-dix-neuf kilos d'une seule main. Parmi ses autres faits d'armes, Louis Cyr a soulevé une plate-forme sur laquelle se tenaient dix-huit hommes et il a levé un poids de deux cent vingt-six kilos avec son doigt. Alexandre n'est donc pas surpris par les prouesses de son ancêtre en ce dixième concours d'hommes forts. Jean-Louis Cyr excelle dans toutes les disciplines.

Devant une telle démonstration de force, le maître de cérémonie propose à la foule de lancer un défi au nouvel homme fort.

— Mesdames et messieurs, vous êtes tous stupéfaits par les prouesses de monsieur Cyr. Celui-ci nous a fait montre d'une force hors du commun. Quelqu'un, dans la foule, aurait-il un défi à lui lancer?

— Nous devrions en trouver un, propose Thierry.

— Bonne idée, répond Alexandre qui a déjà sa petite idée.

Le garçon lève la main et s'avance.

— Je mets cet homme au défi de retenir deux chevaux de trait.

Le maître de cérémonie se tourne vers la vedette de l'heure.

— Alors, monsieur Cyr, acceptez-vous de relever ce défi?

— J'accepte volontiers. Amenez ces chevaux que je leur montre qui est le plus fort.

Les spectateurs n'en reviennent pas! Plusieurs chuchotent que cet homme est fou, d'autres demeurent convaincus qu'il sera incapable de résister à la puissance des chevaux. Deux énormes chevaux belges, présents sur les lieux pour une épreuve de tire de chevaux, sont attelés et attachés aux bras de Louis Cyr. Au signal, les bêtes tentent d'avancer, mais en sont incapables. Louis Cyr les retient par la seule force de ses bras. La foule, ravie, acclame l'homme fort par un tonnerre d'applaudissements !

En proposant cette épreuve, Alexandre savait que son aïeul la réussirait aisément, puisque selon ses recherches, le 12 octobre 1891, Louis Cyr avait résisté à une traction exercée par quatre chevaux.

Le maître de cérémonie remet une médaille à Cyr pour souligner son exploit. Le champion l'accepte avec joie et salue la foule une dernière fois, laquelle continue d'applaudir le héros du jour. Louis Cyr regagne le musée d'histoire en fin de journée. Alexandre, qui a convenu d'aller le rejoindre plus tard, constate que son ancêtre est aussi distrait que lui : il a oublié sa médaille. À son arrivée au musée, les personnages historiques sont euphoriques. Louis leur a raconté ses exploits.

— Alexandre, tu as eu une excellente idée, déclare Donnacona. Tu sais, je suis très bon au tir à l'arc. Il n'y aurait pas un concours d'archers en ville, par hasard?

— Moi, je suis très rapide, je pourrais participer à une course, ajoute le coureur des bois, Étienne Brûlé.

Samuel de Champlain joint sa voix à celle des autres et rappelle qu'il a un certain talent avec les armes à feu. C'est Jacques Cartier qui ramène les gens à l'ordre.

— Tout le monde se calme. Une fois ne doit pas être coutume. Nous ne devons pas jouer avec le feu. Il est primordial de garder le secret au sujet de la magie du musée et de son vase antique. Il ne faut en aucun cas multiplier ce genre de sortie dans la société.

— Vous avez raison, Jacques. Nous nous sommes emportés, admettent Champlain, Brûlé et Donnacona.

— Louis et Alexandre ont apparemment passé une excellente journée, mais nous devons avouer que le jeu était risqué, rappelle Cartier.

— Continuons nos voyages dans le passé, c'est nettement moins hasardeux, lance Hélène Boullé.

— J'abonde, annonce son mari, Samuel de Champlain.

— Ne laissons pas le passé derrière nous, dit Madeleine de Verchères en souriant.

Tous éclatent de rire et se promettent les plus belles expéditions dans l'espace-temps.

— Je dois déjà vous quitter, annonce Alexandre. Je vous apporterai le journal demain. Il y aura certainement un article sur les exploits de Louis. À demain, tout le monde !

— À demain, répondent à l'unisson les personnages du musée.

Chapitre 2

Thierry disparaît

— Christiane! Alexandre! Venez voir ça! Vous n'en reviendrez pas! crie Olivier qui se trouve dans la cuisine, où il déguste son café du matin.

Christiane dépose son sèche-cheveux sur le comptoir de la salle de bain, et Alexandre, encore en pyjama, se précipite dans la cuisine.

— Qu'est-ce qui se passe, pour l'amour de Dieu? demande Christiane.

— As-tu vu un ovni? lance Alexandre avec une pointe d'ironie.

— Je vous le jure, vous serez confondus.

— Le Canadien de Montréal est au premier rang de sa division? lâche Alexandre pour plaisanter.

— Nous avons gagné à la loterie? demande Christiane en souriant.

— Regardez cette photo sur la première page du journal.

Olivier tend le quotidien à Christiane et à Alexandre. C'est celle-ci qui réagit la première ; Alexandre fait semblant de ne pas comprendre.

— J'ai la berlue ou quoi ? se demande Christiane. On dirait ton ancêtre, Louis Cyr. C'est son portrait tout craché.

— Regarde la légende, mon amour, tu seras encore plus surprise.

La légende en question énumère les exploits d'un dénommé Jean-Louis Cyr à la compétition d'hommes forts qui a eu lieu la veille. On y lit que ce concurrent s'est inscrit à la dernière minute et qu'il a largement dominé ses adversaires. Les détails se trouvent en page A-2 du journal. Christiane s'empresse d'ouvrir le quotidien pour lire le texte. Le journaliste relate tous les détails de la compétition et fait mention du défi qu'a relevé avec brio le mystérieux homme fort. Il souligne qu'il lui a été impossible d'obtenir une entrevue avec le vainqueur du concours, puisque ce dernier a rapidement quitté les lieux. Il termine son texte en mentionnant que les organisateurs ne savent pas grand-chose au sujet du gagnant.

— Si nous devions trouver un sosie à notre aïeul, Louis Cyr, nous l'aurions trouvé. C'est fou comme ils se ressemblent !

— Nous devrions effectuer une recherche dans Internet, propose Alexandre, qui sait fort bien qu'ils n'y trouveront aucune information sur le fameux Jean-Louis Cyr.

— Excellente idée ! dit Olivier en s'emparant de son portable.

Il inscrit le nom de Jean-Louis Cyr dans différents moteurs de recherche. Il ne trouve évidemment aucune trace du mystérieux homme fort.

— C'est quand même incroyable : un homme s'inscrit à une compétition, la remporte haut la main et disparaît sans laisser d'adresse, déclare Olivier, étonné.

— Au fait, papa, le Canadien a-t-il gagné hier soir ?

— Mais non, le Tricolore a encore perdu. C'est sa troisième défaite consécutive.

— Hum, l'équipe aurait besoin d'un bon marqueur, d'un compteur de cinquante buts.

— Oui, des gars comme Guy Lafleur, Wayne Gretzky, Mario Lemieux, Sidney Crosby.

— Ou Maurice « le Rocket » Richard, papa.

— Ah, je ne l'ai jamais vu jouer, ce fameux Rocket, mais j'aimerais pouvoir revenir dans le temps pour assister à ses prouesses !

— Si seulement c'était possible, dit son fils avec un sourire en coin.

— Bon, ce n'est pas tout, ça, je dois aller en ville. Alexandre, n'oublie pas de ramasser les feuilles.

— Les feuilles sur mon bureau ? demande le garçon pour plaisanter.

— Les feuilles de chou ! Mais non, tu le sais bien, celles du jardin.

— Je vais m'en occuper, promet-il sans grand enthousiasme.

La propriété des Cyr est délimitée par une très haute haie de cèdres. De splendides érables, plusieurs lilas, quelques bouleaux et un pommier ornent le terrain. Le garçon enfile des gants de jardinage et se met au travail. Sa besogne terminée, il admire la longue rangée de sacs de feuilles. Il est mort de fatigue et n'a plus de force dans les bras.

— Beau travail, lui crie son père qui est de retour à la maison.

— J'ai été plus rapide que l'an passé ! Dis, papa, je peux aller au cinéma ce soir ?

— Comme tu n'as pas d'école demain, je n'y vois pas d'inconvénient. Je peux t'accompagner si tu veux.

— Je vais voir *Le choc des titans*, papa. Es-tu vraiment intéressé ? s'empresse de répliquer Alexandre, qui veut plutôt se rendre au musée.

— Bon, c'est d'accord. Vas-y tout seul voir ton chef-d'œuvre du septième art.

Après le souper, Alexandre se rend donc au musée. Pour la première fois depuis le début de ses visites, il oublie de s'assurer que personne ne l'y voit entrer, et son ami Thierry se trouve dans les parages. Il voit Alexandre pénétrer dans l'immeuble par la porte qui donne accès au sous-sol. Intrigué, Thierry se dirige vers le musée et y entre à son tour. Son ami semble discuter avec d'autres personnes. Thierry se rapproche et demeure bouche bée en raison de ce qu'il voit.

— Alors, Alexandre, les Canadiens ont-ils gagné hier soir? demande la statue de Maurice Richard.

— Non, ils ont perdu un troisième match de suite. Ils auraient besoin d'un marqueur comme vous.

— Tu sais que j'ai déjà marqué cinq buts et inscrit trois passes lors d'une même rencontre?

— C'est ce que je disais : le Tricolore a besoin d'un compteur comme vous.

— Je déménageais, cette journée-là, et j'avais demandé un jour de congé à mon entraîneur, Dick Irvin, qui me l'a refusé. Nous affrontions les Red Wings de Detroit au Forum. Nous les avons vaincus neuf à un.

— J'aimerais bien revoir ce match, déclare Alexandre.

Le garçon se met devant le vase amérindien et fait signe au hockeyeur d'en faire autant. Ils prononcent la phrase, et la magie opère de nouveau. Comme c'est le cas chaque fois, Alexandre ressent une légère décharge électrique et a l'impression de quitter son corps, comme s'il flottait dans l'espace. En ouvrant les yeux, il se retrouve devant le Forum de Montréal, à côté de l'idole du peuple québécois.

— Monsieur Richard, monsieur Richard, est-ce que je peux avoir un autographe? demande un adolescent de l'âge d'Alexandre qui vient de reconnaître le célèbre numéro 9 des Canadiens de Montréal. Le hockeyeur, qui a inscrit cinq cent quarante-quatre buts durant sa carrière dans la Ligue nationale, accepte volontiers de signer le bout de papier que lui tend son admirateur.

— Merci, monsieur Richard, et bonne chance pour ce soir.

— Allez, Alexandre, suis-moi.

Le Rocket, qui a compté cinquante buts en cinquante matchs au cours de la saison de 1944-1945, pénètre dans le temple du hockey professionnel de l'époque avec le jeune voyageur du temps. Un préposé aux billets les apostrophe.

— Heureux de vous voir, monsieur Richard. Ce garçon vous accompagne?

— C'est mon neveu. Je l'ai invité pour le match de ce soir. Vous avez une place pour lui?

— Pour vous, monsieur Richard, il y a toujours une place.

L'homme sort un billet et le donne à Alexandre.

— Voilà! Tu es bien chanceux, j'en connais plusieurs qui aimeraient être à ta place.

Alexandre remercie le préposé et accompagne son prétendu oncle, qui s'arrête après avoir fait quelques pas.

— Je dois me rendre au vestiaire. Je te laisse trouver ta place. Je te rejoindrai à l'extérieur après la rencontre.

Le jeune privilégié repère son siège et s'y installe. L'atmosphère qui règne dans l'amphithéâtre impressionne le jeune homme, mais les nombreux fumeurs l'incommodent. Il est surpris de voir que la bande de la patinoire est en bois et que les spectateurs sont protégés par un simple grillage en métal, au lieu d'une baie vitrée.

Quand les joueurs font leur entrée sur la glace, Alexandre se lève en même temps que la foule. Les porte-couleurs du Canadien sont accueillis par des applaudissements, et ceux des Red Wings de Detroit, par des huées. Très attentif, notre explorateur du temps observe les joueurs, regarde les entraîneurs discuter du plan de match et se concentre sur une discussion entre deux amateurs assis à côté de lui.

— Penses-tu que les Canadiens vont gagner à soir, Robert ? J'ai un ben mauvais feeling.

— J'ai ben peur des Red Wings, répond son ami.

— Souhaitons au moins que Maurice score quelques buts.

— Ne soyez pas inquiets : les Canadiens vont écraser les Red Wings, leur dit Alexandre qui se joint à leur conversation.

— T'es ben confiant, le jeune!

— Je peux même vous prédire que Maurice Richard va marquer cinq buts et amasser trois passes!

— Cré nom! Ça, c'est la meilleure! s'exclament ses interlocuteurs, incrédules.

La discussion prend fin quand l'arbitre se place au centre de la patinoire pour faire la mise au jeu. Maurice Richard compte ses cinq buts et participe à trois autres, au grand plaisir de la foule. Son entraîneur est une fois de plus subjugué par les prouesses du numéro 9. Le Rocket a droit à une ovation debout. Les deux amateurs, qui doutaient des chances du Canadien de remporter la victoire, se retournent vers Alexandre et lui lèvent leur chapeau.

— T'es un devin, garçon! Qui aurait pu prédire une soirée de cinq buts et de trois passes?

— Un vrai connaisseur en matière de hockey, monsieur, répond l'adolescent.

— Pour un connaisseur, t'en es tout un! Tant qu'à y être, pourrais-tu nous dire qui va remporter la coupe Stanley?

— Les Maple Leafs de Toronto. Je peux aussi vous prédire que Maurice Richard, avec cinquante buts en cinquante matchs, va battre le record de quarante-quatre buts en une saison de Joe Malone.

— Woh, woh, woh! Cinquante buts en autant de rencontres, c'est du délire, bonhomme! T'as eu d'la chance à soir, mais ça te fait perdre la tête...

— Allons! C'est pas possible de compter autant de buts en une seule saison, ajoute son ami.

— Vous n'êtes pas obligés de me croire, mais je parie que vous vous souviendrez longtemps du garçon qui a fait ces prédictions le soir du 29 décembre 1944.

— Ouais, c'est ça, et tu vas nous dire que l'homme va un jour marcher sur la Lune, peut-être?

Les deux sceptiques quittent le Forum en s'allumant chacun une cigarette.

— Non, mieux encore, fait Alexandre en ricanant; un jour, vous n'aurez plus le droit de fumer dans les arénas.

Amusé, le jeune garçon se rend à l'extérieur et attend le héros de la rencontre. À leur retour au musée, les personnages historiques sont en état de panique.

— Mais que se passe-t-il? demande Maurice Richard, étonné.

— Une autre personne a découvert notre secret, révèle Jacques Cartier, d'un ton grave.

— Qui, ça? demande Alexandre, soudainement inquiet.

— Nous discutions, je me suis retourné et j'ai vu un garçon. Il tenait le vase amérindien dans ses mains. J'ai voulu lui demander ce qu'il faisait là, mais il avait déjà disparu. Il a lu à voix haute les mots inscrits sur le vase et il s'est volatilisé.

— De quoi avait-il l'air?

— Il avait les cheveux blonds, il semblait de la même taille que toi, il portait une casquette des Canadiens, un chandail rouge et un pantalon noir.

Les yeux d'Alexandre s'écarquillent en entendant cette description.

— Portait-il des lunettes noires ?

— Il me semble que oui, mais il a disparu si vite...

— C'est mon ami Thierry, j'en suis sûr. Il a dû me suivre sans que je le remarque, maugrée le garçon, en colère contre lui-même.

— Tu aurais pu faire attention ! Personne d'autre ne devait connaître notre secret ! Tout est perdu maintenant, fait Madeleine de Verchères.

— Ça ne sert à rien de blâmer Alexandre, lance Samuel de Champlain pour tempérer leur impatience. Le mal est fait. Il faut réagir maintenant.

— Réagir, réagir, facile à dire ! vocifère l'héroïne du fort de Verchères, qui ne décolère pas.

— Il faut découvrir où ton ami a bien pu voyager dans le temps, lâche Champlain.

— C'est comme trouver une aiguille dans une botte de foin, réplique Alexandre, désespéré.

— Nous avons intérêt à être efficaces et rapides. Un jeune vient de disparaître et il ne sait certainement pas comment revenir. Je suis presque sûr qu'il ne se rappellera pas les mots à prononcer. S'il est perdu dans l'espace-temps, comme je le crains, nous devons le retrouver avant que ses parents s'inquiètent ou encore qu'un malheur arrive.

Chapitre 3

La rébellion des Métis

Thierry a tout de suite compris les propriétés du vase en espionnant Alexandre et les statues de cire. Il s'est précipité vers l'artefact et a récité la formule pour voyager dans le temps. Il est possible de le faire avec ou sans les statues : tout repose sur la magie du vase.

Thierry a choisi de remonter en 1885, dans le sud de la Saskatchewan. Le Métis Louis Riel et ses compatriotes sont en guerre contre le gouvernement du Canada. Les Métis sont issus de l'union de francophones, venus s'établir dans l'Ouest canadien, et d'Amérindiens. Ils réclament des terres que le gouvernement du pays leur refuse. Thierry s'intéresse à ce Métis parce qu'il porte le même nom de famille que lui. Louis Riel est le fondateur de la province du Manitoba et le chef du peuple Métis. Né le 22 octobre 1844, il a dirigé deux mouvements de résistance contre le gouvernement canadien. Il voulait protéger les droits et la culture de son peuple.

Thierry est retourné dans le passé au moment de la deuxième rébellion. Louis Riel et son adjudant, Gabriel Dumont, discutent du combat qu'ils mènent contre les forces ennemies. Celles-ci viennent de se replier et elles ont regagné leur camp pour la nuit.

— Alors, Gabriel, quel est l'état de la situation?

— Le combat a été féroce, mais heureusement, aucun de nos hommes n'est mort. Nous avons abattu plusieurs rivaux, mais nous ne pourrons résister encore longtemps. Nos hommes sont fatigués. Ils combattent depuis plusieurs jours, et nous sommes à armes inégales. Nous risquons de manquer de munitions. Si seulement nous en avions plus...

Pendant que Thierry écoute avidement la discussion, un homme s'approche de lui et l'empoigne.

— Hé! Qui es-tu, toi? demande le Métis.

— Lâchez-moi ! crie le garçon en essayant en vain de se défaire de l'emprise de l'homme qui l'entraîne vers Riel et Dumont. Le jeune imprudent n'a que quelques secondes pour réfléchir à ce qu'il va dire.

— Messieurs, j'ai surpris ce garçon en train d'écouter votre discussion. C'est un espion à la solde de l'ennemi, j'en suis sûr.

— Il me semble bien jeune pour cela, remarque Louis Riel, dubitatif.

— Je ne suis pas un espion, je suis de votre côté, monsieur Riel !

— Tu me connais ?

— Je m'appelle Thierry Riel, et ma famille habite la région, déclare le jeune accusé, qui n'hésite pas à mentir. Je porte le même nom que vous, mais je ne pense pas que nous soyons parents. Je me suis retrouvé ici par hasard.

Thierry ne trouve pas de raison plus convaincante, mais le chef des Métis semble satisfait. Malgré son étonnement, Louis Riel ne croit pas du tout que ce jeune soit un espion.

— Je suis surpris que personne ne t'ait remarqué avant. Tu portes de bien curieux vêtements. Tu es trop jeune pour participer à notre guerre, mais tu dois rester avec nous, puisque nos ennemis sont toujours dans les parages. Ils peuvent tirer à tout moment.

— Nous te protégerons, ajoute Gabriel Dumont.

— Je peux rester avec vous pour la nuit, alors ? demande Thierry, heureux de la tournure que prennent les événements.

— C'est mieux ainsi. Nous resterons en retrait, et je vais demander à mes compatriotes de surveiller le camp ennemi toute la nuit. Nous ne pouvons nous permettre aucun relâchement, car nos rivaux ne nous feront pas de cadeaux, soutient Riel, qui fait signe au garçon et à Gabriel Dumont de le suivre.

Les trois longent les tranchées des Métis. Tapis à l'intérieur de ces immenses trous creusés dans le sol, plusieurs hommes se tiennent prêts à défendre leur camp. En chemin, Thierry contient son excitation de se retrouver aux côtés de

Louis Riel. Il profite d'un moment de silence pour lui demander de lui expliquer le conflit.

— Mes parents m'ont parlé un peu de votre combat, mais j'aimerais en savoir plus.

— Nous occupons et cultivons des terres qui appartiennent au gouvernement. Or, nous voulons en être propriétaires. Nous souhaitons que les territoires du Nord-Ouest deviennent une province avec un Parlement, mais les élus du pays font la sourde oreille.

— Le gouvernement de John A. Macdonald a même décidé de mater notre rébellion, ajoute Gabriel Dumont. Le premier ministre du Canada a dépêché ses troupes, lesquelles sont sous les ordres du général Frederick Middleton. Nous sommes en guerre depuis longtemps, mais nous sommes assiégés depuis maintenant trois jours.

— Nos hommes sont exténués, mais ils n'ont pas l'intention de se rendre, indique Riel.

Fasciné, Thierry s'apprête à poser une autre question, mais il entend un curieux sifflement. Gabriel Dumont pousse le garçon au sol. Une balle a frôlé la tête de Thierry. La peur se lit dans ses yeux : il vient de prendre conscience que sa vie est en danger et qu'il est temps de revenir chez lui. Protégé par le chef militaire, le jeune explorateur se prépare à prononcer les mots inscrits sur le vase magique. Il constate alors qu'il ne s'en souvient plus.

— Ire etho pak. Non ce n'est pas ça. Eto pake ikr. Ah ! c'est quoi, déjà ? Je l'ai, Ikere Atho pak.

Thierry a beau essayer toutes sortes de formules, il est incapable de se souvenir des mots exacts qu'il doit prononcer pour quitter ce monde hostile. Gabriel Dumont le presse alors de se relever pour s'éloigner de la zone de combat.

— Installons-nous dans cette tranchée pour la nuit, ordonne Louis Riel. Nous y serons à l'abri des tirs de nos adversaires.

Thierry se précipite dans le trou poussiéreux. Il entend le chef métis soupirer.

— Trois jours à combattre... Combien de temps allons-nous pouvoir tenir ?

— Nous serons bientôt à court de munitions, répond son chef militaire. C'est ce que nos ennemis attendent.

Pendant ce temps, Thierry essaie désespérément de retrouver la formule magique. Au matin du 12 mai 1885, les troupes du général Middleton intensifient leurs attaques. Aux balles tirées par les Métis, elles répondent par la bouche de leurs canons. Tout l'avant-midi, les échanges de tirs se multiplient, jusqu'à ce que les Métis aient épuisé leurs munitions. Alors, les troupes de Middleton foncent directement vers eux. Les rebelles sortent de leurs tranchées et tentent de fuir, mais leurs adversaires les rattrapent et les tuent. Louis Riel, Gabriel Dumont et Thierry prennent leurs jambes à leur cou et courent se cacher dans la forêt. Ils échappent de justesse à leurs poursuivants. Dans leur course, les trois fuyards se perdent de vue, mais Riel et Dumont finissent par se retrouver.

— Gabriel ! C'est toi ?

— Dieu soit loué, Louis, tu es sain et sauf!

Soulagés, les deux hommes s'enlacent.

— C'est épouvantable, Louis. Ils nous ont massacrés comme des chiens. Ils ont tué plusieurs de nos hommes à coups de baïonnette. J'ai réussi à leur échapper de justesse.

— Nous sommes vaincus, Gabriel. Va chercher ta femme et tes enfants. Tu devrais pouvoir échapper aux soldats et à la Gendarmerie royale en franchissant la frontière.

— Dépêchons-nous, Louis, le temps presse. Les militaires nous cherchent, et ils sont nombreux.

— Je ne vais pas t'accompagner, Gabriel. Je vais me rendre.

— Quoi?

— C'est moi qu'ils veulent. Ils vous laisseront tranquilles dès qu'ils m'auront arrêté.

— Mais ils vont te pendre, Louis!

— Tu as sans doute raison.

— Au fait, où as-tu caché le jeune garçon qui a pris la fuite avec nous ?

— Je pensais qu'il était avec toi...

— Pas du tout, j'étais convaincu qu'il te suivait.

— Ça veut dire qu'il est perdu dans la forêt et que les soldats risquent de le retrouver.

—Mon Dieu ! Je ne donne pas cher de sa peau !

Chapitre 4

Miser juste

Alexandre n'arrive pas à se calmer. Il marche sans cesse et réfléchit aux champs d'intérêt de son copain. Les statues de cire tentent de l'aider.

— Thierry t'a-t-il déjà dit qu'il aimerait revenir à une époque précise? demande Jacques Cartier.

— Je ne sais pas. Oui, sans doute, mais je ne m'en souviens pas.

— Fais un effort, Alexandre, ton ami est en danger.

— Je ne fais que ça, des efforts! lance le garçon exaspéré. L'espace-temps est trop vaste, nous ne le retrouverons jamais.

— Il n'y aurait pas un indice quelque part qui pourrait nous donner une indication?

— Je peux toujours aller voir chez lui, au cas où je trouverais quelque chose.

Nous n'avons rien à perdre.

— Excellente idée ! Dépêche-toi, chaque minute compte.

Aussitôt, le garçon prend la poudre d'escampette et se dirige vers la maison de son ami. Guylaine, la mère de Thierry, l'accueille.

— Bonjour, Alexandre ! Que se passe-t-il ? Tu es à bout de souffle.

— Bonjour ! J'ai couru parce que je suis pressé. Thierry et moi allons au cinéma et il a oublié son portefeuille dans sa chambre.

— Il aurait pu venir le chercher lui-même. C'est bien mon fils, ça !

— C'est moi qui lui ai proposé de venir le chercher. Ça ne me tentait pas de faire la file pour acheter nos billets au cinéma.

— Tu sais où se trouve sa chambre. Fais comme chez toi.

La chambre en question est dans un désordre absolu. Des vêtements sont éparpillés au sol, des croustilles et des cannettes de coca-cola encombrent la table de chevet et le lit est défait. Alexandre met immédiatement l'ordinateur de son ami sous tension. Comme ils n'ont pas de secrets l'un pour l'autre, ils ont convenu d'utiliser le même mot de passe pour leurs dossiers protégés. Alexandre entame donc ses recherches en jetant un coup d'œil à l'historique des sites Web que Thierry a consultés. Il constate que son ami a fureté sur plusieurs sites d'histoire, probablement pour un travail scolaire. Deux thèmes reviennent régulièrement : la révolte des Métis de l'Ouest canadien en 1885 et la rébellion des patriotes au Québec en 1837. Dans les deux cas, la révolte des francophones contre le pouvoir anglophone s'est terminée dans le sang et certains insoumis ont été pendus. Sur la table de travail de Thierry, Alexandre remarque le dossier de son cours d'histoire. Il contient des notes écrites à la main et des documents imprimés portant sur les Métis Louis Riel et Gabriel Dumont, ainsi que sur les patriotes québécois Louis-Joseph Papineau, Robert Nelson et Jean-Olivier Chénier. Voilà l'indice que cherchait Alexandre ! Thierry a certainement choisi cette époque pour son voyage dans le temps.

Avant de quitter la chambre, il prend le survêtement de Thierry qui traîne sur une chaise, le dossier avec les documents, ainsi qu'une photo de son ami, afin que les statues qui aideront Alexandre dans ses recherches puissent reconnaître le jeune intrépide, perdu dans l'espace-temps.

— Que fais-tu avec ce survêtement, Alexandre ? Je croyais que tu étais venu chercher le portefeuille de Thierry ?

Interloquée, Guylaine regarde Alexandre qui improvise :

— Thierry peut-il dormir chez moi ce soir ? Nous avons un travail d'équipe à faire, dit-il en montrant le dossier, nullement gêné de mentir effrontément à la mère de son ami.

— Je veux bien. Pour améliorer les notes de mon fils à l'école, je ne dis jamais non ! Allez, bonne soirée et bon cinéma.

— Merci, et à la prochaine, lance Alexandre en sortant comme une flèche.

Au musée, le détective en herbe brandit triomphalement sa trouvaille.

Il sort les feuilles du dossier et lit deux titres à voix haute : La rébellion du Bas-Canada et La rébellion du Nord-Ouest.

— Je peux voir ce document ? demande Louis-Joseph Papineau.

Le chef du Parti patriote en 1837 sourit en lisant les notes de Thierry.

— Comme c'est intéressant de voir ce qu'on peut penser de nous ! Ton ami semble s'être arrêté aux trois batailles qui nous ont opposés aux milices britanniques : les batailles de Saint-Denis, de Saint-Charles et de Saint-Eustache.

— Êtes-vous en mesure de savoir où se trouve le garçon ? demande Samuel de Champlain.

— Difficile à dire. Il a pris beaucoup de notes sur ces combats, mais je constate qu'il a bien fait ses devoirs. Je ne vois aucune erreur dans ses observations.

— Quelles observations ? demande Alexandre.

— Le jeune a écrit à juste titre que, de 1815 à 1837, les affrontements se multiplient entre la population canadienne-française, majoritaire, et la population anglaise, minoritaire, mais détentrice du pouvoir. Il note aussi que le mécontentement des francophones du Bas-Canada – ce que vous appelez aujourd'hui le Québec – mène à la formation du Parti patriote. Cette formation politique, que je dirige, réclame le pouvoir afin que la majorité d'origine française puisse se gouverner.

Louis-Joseph Papineau fait une pause, tourne la page et poursuit d'un ton éloquent :

— Le jeune ajoute que mon parti politique fait adopter, par le parlement, quatre-vingt-douze résolutions qui énumèrent les revendications du peuple canadien-français, mais que les autorités britanniques en refusent la grande majorité. Il écrit que la rébellion armée des patriotes est provoquée par l'ordre du gouverneur général britannique de procéder à l'arrestation des principaux chefs de ladite rébellion. Il note, en terminant, que j'ai été contraint, comme plusieurs de mes compatriotes, de m'enfuir aux États-Unis, que des centaines de patriotes ont été arrêtés et que d'autres ont été pendus.

— C'est bien beau, mais ça ne nous dit pas dans quelle partie de l'histoire se trouve Thierry! dit Alexandre qui tente de sortir le patriote de ses souvenirs.

Papineau lui donne raison et analyse plus en détail les notes de Thierry.

— Ah! Regarde, une partie du document est surlignée en jaune.

Alexandre s'empare des papiers sans vraiment attendre l'aval de Papineau.

— C'est certainement une piste! Thierry a surligné une phrase et a ajouté trois points d'interrogation à la fin de celle-ci. À mon avis, il a tenté de trouver une réponse à sa question en voyageant à cette époque précise.

— De quelle époque s'agit-il? demande Jacques Cartier.

— La pendaison de cinq patriotes à Montréal, le 15 février 1839.

— Fallait-il vraiment en arriver là? déclare Cartier.

Mais Alexandre est trop agité pour lui répondre.

— Qu'est-ce qu'on attend ? Qui vient avec moi ? Vous, monsieur Papineau ?

— Non, je ne peux pas faire le voyage, puisque j'étais aux États-Unis à ce moment. Plusieurs personnes me l'ont d'ailleurs reproché. Elles jugeaient que ma place était au Québec, avec mes compatriotes.

— Moi, je vais t'accompagner, propose le coureur des bois, Étienne Brûlé.

Lui et Alexandre remontent donc dans le passé. Ils arrivent au moment précis où les cinq patriotes se dirigent vers l'échafaud. Amable Daunais, Chevalier de Lorimier, Charles Hindenlang, Pierre-Rémi Narbonne et François Nicolas marchent silencieusement, entourés de militaires. Les cinq condamnés, les mains liées, longent les murs de la prison de Montréal, au Pied-du-Courant. Les gens regardent le cortège en silence.

Les deux voyageurs du temps restent à l'écart afin de passer inaperçus. Ils ne voient pas Thierry dans la foule. Les patriotes croisent leurs tombes, déjà prêtes. Ils grimpent l'escalier qui mène à l'échafaud et se placent devant les cordes alignées. Les militaires leur attachent les chevilles avant de leur passer la corde au cou. Pendant que des condamnés font une dernière prière avant leur pendaison, Charles Hindenlang s'adresse à la foule, venue assister aux exécutions :

« La cause pour laquelle on me sacrifie est noble et grande. J'en suis fier et je ne crains pas la mort. Je meurs avec la conviction d'avoir accompli mon devoir. »

Il termine son cri du cœur par un « Vive la liberté ! »

Avant que les trappes soient abaissées, Étienne Brûlé et Alexandre conviennent de revenir au musée : ni l'un ni l'autre ne tient à assister à ce triste spectacle. Et Thierry n'est visiblement pas là.

Chapitre 5

L'instinct de survie

Thierry est perdu. Il a beau essayer de trouver des points de repère et de marcher en ligne droite en se disant qu'il finira bien par sortir de la forêt, il n'y arrive pas. Il erre depuis plusieurs heures et il a l'estomac dans les talons. Il a envie de crier au secours, mais il craint les militaires, qui continuent leurs recherches afin de mettre la main au collet des fuyards métis. Thierry aperçoit deux hommes qui se dirigent dans sa direction. Il a tout juste le temps de se pencher pour se cacher derrière une souche. Les deux militaires passent à côté de lui et poursuivent leur route. Alors que le voyageur d'un autre temps se croit hors de danger, les deux hommes armés s'arrêtent et se retournent.

— *Did you hear that, John ?*

— *Yes.*

Les militaires avancent lentement en pointant leurs armes en direction de la souche derrière laquelle se cache Thierry. Terrifié, le garçon retient son souffle, espérant vivement que les deux Anglais ne le voient pas. Au même moment, un lièvre sort d'un buisson et détale. L'un des hommes tire sur l'animal en fuite et la balle de fusil frôle l'épaule de Thierry, qui se met à trembler. Les deux hommes armés sont tout près du jeune homme, mais heureusement, ils rebroussent chemin.

— *It was only a rabbit, John.*

— *Yes, just a stupid rabbit.*

Thierry se ressaisit et, silencieusement, il suit de loin les militaires afin de quitter cette forêt dans laquelle il erre depuis trop longtemps. Il regarde continuellement où il met les pieds pour éviter de marcher sur des branchages ou, pire encore, de trébucher.

Finalement arrivés à leur campement, les deux officiers rejoignent le général Middleton. Thierry se cache, indisposé par son ventre qui gargouille : il n'a rien mangé depuis plusieurs heures. Il patiente donc jusqu'à ce que les militaires s'endorment et il se rend jusqu'à leurs réserves de nourriture. Il vole des provisions entreposées dans une cantine, mais en se dirigeant vers la forêt, il accroche le pied d'un militaire. Celui-ci se réveille et aperçoit le jeune intrus.

— *Who are you? What are you doing here?*

Paniqué, le garçon prend la fuite et, dans sa course, il entend son ennemi réveiller ses compatriotes en criant. Il file le plus vite qu'il peut à travers les arbres et les amas de branches qui bloquent son passage. Thierry finit par semer ses poursuivants, mais il constate qu'il est de nouveau perdu.

— Ah! si seulement je pouvais me rappeler cette foutue formule magique, gémit-il.

— *Eche une ke*, non ça ne ressemblait pas à ça. Ah! Ça devra bien me revenir un jour, se dit Thierry, désespéré.

Le garçon cherche un endroit où il pourra se cacher pour la nuit. Il repère une enfilade d'arbres déracinés, sans doute par de fortes rafales. Ces arbres forment un rempart naturel où il est possible de se camoufler.

« Cette cachette est parfaite ! » se dit Thierry, qui n'a que deux idées en tête : manger et dormir. Même s'il meurt de faim, il se garde de la nourriture pour le lendemain. Il ignore combien de temps il restera coincé dans cet endroit hostile. De toute façon, il est si fatigué qu'il s'endort bien vite, sans se douter qu'un ours, attiré par l'odeur des aliments, se dirige vers sa cachette.

Chapitre 6

La peine de mort

Au musée, c'est le désarroi. Alexandre et les personnages historiques croient toujours que le devoir d'histoire de Thierry demeure la meilleure piste pour le retracer, même si leurs recherches sont restées vaines jusqu'à maintenant. Assis sur un tabouret, Alexandre regarde donc, pour une centième fois, les notes de son ami. Tout à coup, il se lève d'un bond et appelle tout le monde.

— Je crois que j'ai trouvé quelque chose !

Ses amis se précipitent à ses côtés, impatients de connaître sa découverte. Alexandre leur montre du doigt les mots « procès », « prison » et « pendaison » dans un texte traitant de Louis Riel. Madeleine de Verchères demande au garçon ce qu'il comprend de ces trois mots.

— Vous ne remarquez pas quelque chose de particulier ?

— Non! répondent ses interlocuteurs à l'unisson.

— Mais oui! Observez bien les mots. Chaque fois qu'ils sont écrits, les *p* sont en caractère gras ou sont soulignés.

— Tu as raison, mais en quoi cela peut-il nous aider à retrouver ton ami? demande Jacques Cartier.

— Thierry n'a certainement pas fait cela par hasard. Ça doit signifier quelque chose, j'en suis certain.

— Je présume que cela indique qu'il était particulièrement intéressé par la fin de la vie de Louis Riel.

— Vous avez sans doute raison, et la meilleure façon de le vérifier, c'est de se rendre à Regina à cette époque.

Paul de Chomedey, sieur de Maisonneuve, le fondateur de la ville de Montréal, propose d'accompagner Alexandre.

— Je n'ai pas souvent eu l'occasion de voyager à une autre époque que la mienne et j'ai bien envie de t'aider à retrouver ton ami.

— Super ! Ça me donnera l'occasion de mieux vous connaître.

— Que connais-tu de moi ? lui demande le fondateur de Montréal en levant les sourcils.

— Jeanne Mance et Marguerite Bourgeois, avec qui vous avez traversé l'océan pour gagner la Nouvelle-France, m'ont souvent parlé de vous. Marguerite m'a raconté votre voyage en France en 1653, quand vous l'avez recrutée pour venir instruire les enfants des colons et des Indiens. Elle a ouvert une première école grâce à vous, non ?

— Je vois que tu es bien informé sur moi !

— Je sais aussi que vous avez porté une croix sur vos épaules jusqu'au sommet du mont Royal. Pourquoi, au fait ? Je ne m'en souviens plus.

— J'ai honoré ma parole. Les eaux du Saint-Laurent se gonflaient et menaçaient sérieusement d'inonder nos bâtiments. J'ai alors promis que si les eaux se retiraient sans causer de dommages, je porterais une croix sur mes épaules que j'irais planter sur le mont Royal.

— Tu es un homme de parole, Paul, je n'en ai jamais douté, ajoute Jeanne Mance.

— Cette croix est-elle toujours là ? demande Maisonneuve.

— Il y a une croix, mais ce n'est plus la même, vous vous en doutez bien ! répond Alexandre en souriant.

— Tu as bien raison ! fait Maisonneuve en rigolant, conscient que son ascension du mont Royal date de plus de trois cent soixante ans. Mais assez discuté ! Nous devons y aller maintenant, nous avons une mission à accomplir.

— Vous devriez changer de vêtements. Les gens vont vous remarquer immédiatement si vous restez vêtus comme cela, précise Madeleine de Verchères.

Elle prononce les mots magiques, disparaît un instant et réapparaît quelques minutes plus tard avec des habits de la bonne époque.

Vêtus correctement, Alexandre et Maisonneuve partent pour cette aventure dans le passé. Les deux aventuriers ont convenu de retourner au moment où le procès de Louis Riel se tient, soit le 20 juillet 1885, à Regina, en Saskatchewan. Ils entrent dans la salle d'audience et tentent de s'approcher le plus possible de l'accusé, dans l'espoir de lui parler; ils sont contraints de se taire à l'arrivée du juge Hugh Richardson. Louis Riel est accusé d'avoir mené une guerre contre Sa Majesté la reine et d'avoir tenté, par la force et les armes, de renverser et de détruire le gouvernement. Le procès a, pour toile de fond, l'exécution d'un ennemi, Thomas Scott, par les troupes de Riel. L'avocat du Métis, maître François-Xavier Lemieux, croit qu'il pourra faire acquitter Riel s'il convainc le tribunal que son client est fou. Toutefois, le procureur de la couronne, maître Christopher Robinson, contrecarre cette stratégie en appelant de nombreux témoins à la barre, lesquels soulignent l'intelligence supérieure de l'accusé. Alexandre et Maisonneuve sont fascinés par le procès, même s'ils en connaissent l'issue.

— Messieurs les jurés, c'est à vous : le prisonnier est-il coupable ou non coupable? demande le juge.

— Coupable! répond le président du jury.

Le juge Richardson s'adresse alors au condamné.

— Louis Riel, vous êtes déclaré coupable de haute trahison, et il est de mon devoir de prononcer la sentence de la Cour. Vous serez incarcéré, puis pendu.

Au moment où le Métis quitte le banc des accusés, Alexandre se faufile parmi les curieux et parvient à l'interpeller.

— Monsieur Riel, chuchote-t-il, je sais que le moment est mal choisi, mais auriez-vous croisé ce garçon?

L'adolescent montre un portrait dessiné par Madeleine de Verchères, fait à partir d'une photo de Thierry.

— Oui, je le reconnais. Il a combattu à mes côtés contre les militaires britanniques lorsque nous étions assiégés. Hélas, je l'ai perdu de vue lorsque nous fuyions l'ennemi en forêt.

– Ah! Merci beaucoup, dit Alexandre, loin d'être rassuré.

Le chef des Métis s'éloigne.

– Thierry est sans doute dans une forêt de la Saskatchewan, déclare le jeune aventurier, alors qu'il rejoint Maisonneuve.

— As-tu des indices ?

— Riel m'a indiqué qu'il s'agit de la forêt où s'étaient réfugiés les rebelles métis avant de se rendre, répond Alexandre à Maisonneuve.

— Eh bien, allons-y !

En quittant le tribunal, Maisonneuve a un éclair de génie. Il disparaît quelques minutes et revient avec un chien.

— Alexandre, je te présente Pilote, la chienne la plus célèbre de Montréal !

— Quel beau chien ! s'exclame Alexandre en caressant l'animal, qui secoue énergiquement la queue. Pilote lèche la figure du garçon, qui se met à rire et à serrer l'animal contre lui.

— Durant la nuit du 30 mars 1644, les aboiements de cette brave Pilote nous ont avertis que des Iroquois se préparaient à nous attaquer pendant que nous dormions.

Pilote nous a sauvés et elle est devenue l'héroïne de Ville-Marie, ou de Montréal si tu préfères. Pilote va nous aider dans nos recherches en forêt. Elle a un très bon odorat, et nous en aurons besoin. J'ai fait un arrêt rapide au musée et je lui ai fait renifler le vêtement que tu as pris dans la chambre de Thierry. Elle sera ainsi en mesure de reconnaître l'odeur de notre égaré de l'espace-temps.

— Nous devrions peut-être demander à Étienne Brûlé de nous accompagner. La forêt n'a pas de secrets pour un coureur des bois comme lui, propose Alexandre.

De concert, ils reviennent au musée. Étienne Brûlé ne se fait pas prier longtemps pour participer à ce sauvetage.

Chapitre 7

Thierry fait prisonnier

Thierry a le sommeil agité en raison des péripéties qu'il a vécues au cours des dernières heures. Il ne se doute pas qu'un autre danger l'attend, c'est-à-dire cet ours qui se dirige droit vers lui. L'adolescent a oublié que les restes de nourriture attirent les animaux sauvages. Thierry ouvre les yeux, au moment même où la bête met la patte sur ses victuailles. Le garçon, paniqué à l'idée de perdre le peu de vivres qu'il lui reste, a le mauvais réflexe de s'emparer de sa nourriture. L'ours enragé grogne et lève une de ses immenses pattes de devant pour agripper le butin. D'un seul coup de griffe, une bête de cette taille peut tuer un humain ! Paralysé par la peur, le pauvre Thierry ferme les yeux et s'attend à être mis en charpie, mais l'ours tombe à la renverse, tué par la balle d'un fusil. Encore sous le choc, le garçon ouvre les yeux et voit un militaire courir vers lui.

— *Are you O.K., boy?*

— *Yes! Thank you*, répond-il.

— *You are welcome. Hey! I recognize you!*

Le soldat reconnaît celui à qui il vient de sauver la vie. C'est sur lui que Thierry a trébuché lorsqu'il a dérobé des vivres dans le camp militaire. Le soldat somme le voleur d'avancer.

— *You cannot escape. Come with me immediately.*

Impuissant, le garçon obéit. En marchant, il se demande s'il n'aurait pas préféré être dévoré par un ours. Il n'a aucune idée de ce que les officiers britanniques ont en tête, mais il se doute bien qu'ils ne joueront pas aux échecs ni aux dames avec lui. En chemin, ils repassent devant les tranchées creusées par les Métis. Les cadavres y sont encore, et Thierry, qui en reconnaît quelques-uns, a subitement des nausées. Il perd pied, mais l'officier lui ordonne de se relever en le menaçant avec la pointe de sa baïonnette.

— *Hey! look what I have found!* annonce fièrement le soldat en arrivant au camp militaire.

Les Anglais se rassemblent autour du prisonnier et discutent de ce qu'ils pourraient bien faire de lui. Certains sourient, alors que d'autres tiennent des propos plus agressifs, que le garçon tente de comprendre. Les militaires brisent les rangs lorsque le général Middleton fait son apparition. Il observe attentivement Thierry.

— *I don't know what to do with you. You are so young.*

Le général demande à ses soldats de ligoter Thierry en attendant de prendre une décision sans appel à son sujet. Des soldats en retrait semblent mécontents de la décision de leur supérieur. Ils veulent visiblement en finir avec le prisonnier, et tout indique qu'ils n'auront pas la patience d'attendre l'ordre final du général Middleton. L'un deux s'avance, pointe son arme vers Thierry, mais cesse son manège au moment où son supérieur se retourne. Un autre soldat passe son index et son majeur sur sa pomme d'Adam afin d'indiquer au jeune intrus que ses heures sont comptées et qu'il mettra bientôt ses menaces à exécution. Témoin de la scène, le général Middleton ordonne à ce réfractaire de le rejoindre. Thierry comprend que le chef n'a pas apprécié l'attitude de son subalterne. Malgré la réprimande, le militaire repasse devant Thierry et lui fait comprendre, avec un sourire méprisant, que l'heure de sa mort arrivera sous peu.

Chapitre 8

À la rescousse
de Thierry

Alexandre, Étienne Brûlé, Paul de Chomedey de Maisonneuve et la chienne Pilote font fuir un petit troupeau de cervidés en apparaissant subitement dans la forêt. Tout de suite, le coureur des bois prend le commandement de l'opération.

— Pressons ! Nous n'avons pas une seconde à perdre : le copain d'Alexandre se trouve dans cette forêt, nous devons le trouver avant qu'il soit trop tard. Marchons l'un à côté de l'autre, du nord au sud puis du sud au nord, jusqu'à ce que nous repérions Thierry ou, du moins, jusqu'à ce que nous trouvions un indice pouvant nous mener à lui. Observez le sol afin de trouver des traces de pas. Recherchez des branches cassées en scrutant bien les arbres et les arbustes. Il se peut que vous y trouviez des traces de sang ou des fibres de vêtement. Bref, soyez très attentifs.

— Vaut-il mieux laisser la chienne Pilote libre ou la garder en laisse ? demande Maisonneuve.

— Il vaut mieux la laisser libre. Son odorat sera davantage mis à profit. Tous en rang maintenant, et que les recherches commencent !

Les trois aventuriers se mettent donc en route. Excité, l'animal effectue un va-et-vient continu entre les marcheurs. Au bout d'une heure, Alexandre commence à désespérer.

— C'est peine perdue ! Nous n'y arriverons jamais.

— Il ne faut pas abandonner. Crois-tu que ton copain t'aurait laissé tomber si tu t'étais retrouvé dans la même situation que lui ?

— Non, c'est vrai, acquiesce Alexandre en reprenant du cœur au ventre.

Au même moment, la chienne Pilote se met à aboyer et se dirige en courant vers une rangée d'arbres déracinés. Alexandre et ses deux compatriotes la suivent, espérant vivement que la bête a enfin trouvé quelque chose. Un ours mort gît sur le sol. Brûlé signifie à ses camarades, avec ses bras, de faire attention. Il s'approche lentement de la carcasse de l'animal pour s'assurer que la bête est bien morte. La flaque de sang ne laisse aucun doute sur son état. Le coureur des bois fait signe à ses amis de s'approcher.

— L'ours a été abattu? demande Alexandre, dégoûté.

— Oui! D'une balle dans la tête. Tiens, tiens, tiens, voilà qui est fort intéressant.

— Quoi? font Maisonneuve et Alexandre.

Brûlé se penche et pointe des traces de pas avec ses doigts.

— Regardez, il y a deux types d'empreintes. Celles d'un pied d'adulte, mais également celles d'une personne plus petite.

Intrigués, les deux compagnons de Brûlé se penchent à leur tour pour mieux voir.

— Je ne serais pas surpris que ces pas soient ceux de Thierry, affirme le coureur des bois.

Brûlé invite la chienne Pilote à renifler les traces. Elle se met à aboyer et agite la queue.

— C'est bien ce que je pensais, tu es une brave bête, dit Étienne Brûlé en flattant Pilote. Il n'y a pratiquement plus de doutes, ces traces devraient nous mener jusqu'à Thierry.

— Qu'est-ce qu'on attend, alors! Allons-y! s'écrie Alexandre, soulagé, mais impatient de retrouver son ami.

Au signal d'Étienne Brûlé, les trois sauveteurs se remettent en marche. La chienne Pilote devance le coureur des bois en reniflant le sol. Alexandre se sent de plus en plus courageux. Il s'en veut d'avoir voulu abandonner. Après une quarantaine de minutes, les aventuriers découvrent avec stupeur les tranchées creusées par les Métis et les cadavres qui gisent un peu partout. L'adolescent prend conscience de l'horreur des conflits armés. Maisonneuve le prend par l'épaule et l'amène en retrait.

— Personne n'aime voir cela, Alexandre, mais c'est, hélas, la triste réalité. Ces gens ont payé de leur vie pour défendre une cause qui leur tenait à cœur.

— C'est terrible! Tous ces morts... Je n'avais jamais compris à quel point la guerre est affreuse. Avant, les seules images de combats que j'avais vues étaient celles des jeux vidéo, des livres et des émissions de télé...

— Je ne saisis pas trop ce que tu me racontes, mais je te trouve bien courageux et très fort, compte tenu des circonstances.

— Merci...

— Tu verras dorénavant la guerre avec un regard bien différent, je crois.

— C'est certain...

Maisonneuve dirige Alexandre vers Étienne Brûlé, qui les attend. Ils parcourent quelques dizaines de mètres et aperçoivent le camp militaire. Le coureur des bois se propose d'agir comme éclaireur. Il s'approche du campement, observe les allées et venues des soldats et tente de repérer Thierry. Ça y est, il le voit! Le garçon a les mains ligotées et une sentinelle le surveille. Brûlé, découragé, rejoint ses compagnons.

— Les militaires sont trop nombreux. Si nous tentons de libérer Thierry, ils tireront sur nous. C'est beaucoup trop risqué.

— Il n'y a pas moyen de faire diversion? demande Maisonneuve.

— Il faudrait être plus nombreux. À trois, c'est impossible de les attirer tous à l'extérieur des limites du camp.

— Mais nous pouvons être plus nombreux! s'exclame Alexandre.

— Ah oui! Et comment? demandent Brûlé et Maisonneuve.

Le jeune aventurier leur expose son plan et ses deux compatriotes saluent une fois de plus son génie. Alexandre prononce les paroles magiques et disparaît. Il revient très rapidement, accompagné de plusieurs personnages historiques du musée : Donnacona et ses deux garçons, Domayaga et Taignoagny, Madeleine de Verchères, Samuel de Champlain et son épouse, Hélène Boullé, Jacques Cartier, Jeanne Mance, Maurice Richard, ainsi que Louis Cyr. Ils ont tous accepté d'aider Thierry à s'évader du camp militaire. Alexandre invite tout le monde à s'approcher et leur expose sa stratégie.

— Avez-vous bien saisi le plan ?

— Parfaitement ! répondent à l'unisson les personnages historiques.

— Nous nous retrouvons tous au musée par la suite.

« Faites que ça fonctionne », se dit le garçon en son for intérieur.

Tous prononcent *Ireke etho jake* et disparaissent comme par enchantement. Ils se montrent quelques secondes plus tard, à différents endroits. Quelques officiers les aperçoivent. Ils se regardent, éberlués, et se lèvent pour interroger ces étranges visiteurs venus de nulle part, mais ceux-ci sortent de leur champ de vision, subitement ! Peu de temps après, les personnages du musée réapparaissent. Cette fois, tous les militaires sont sur le qui-vive. La stratégie d'Alexandre semble fonctionner à merveille : les soldats, intrigués, quittent le camp pour se rapprocher de ces humains fantomatiques. Seule la sentinelle qui surveille Thierry reste en poste.

Quand les militaires sont suffisamment loin, Alexandre et Brûlé passent à l'attaque. Ils courent vers leur ami en lui signifiant, avec un doigt sur les lèvres, de se taire. Étienne Brûlé s'empare d'une roche, se précipite vers la sentinelle, qui a le dos tourné, et lui assène un coup à la tête. Le militaire s'écroule. L'aventurier s'empare de son couteau de chasse et coupe les liens qui retiennent les mains de Thierry à un poteau. Aussitôt libéré, le garçon saute dans les bras de son sauveur et lui fait une accolade bien sentie.

— Vous m'avez retrouvé, je n'en reviens pas ! Comment avez-vous fait pour deviner où je m'étais perdu dans le temps ?

Alexandre est trop content de revoir son ami vivant pour lui reprocher d'avoir utilisé le vase magique sans permission.

— Ça n'a pas été facile, mais nous t'expliquerons tout cela au musée, lui répond-il. L'important, c'est de quitter cet endroit le plus vite possible avant que les militaires reviennent.

— Tu as raison. Je n'en reviens pas encore ! Que je suis content de te voir !

— Moi aussi ! dit Alexandre, le sourire aux lèvres.

Étienne Brûlé les interrompt. Il commence à sentir la soupe chaude.

— Il est grand temps de rentrer au musée. Vous discuterez de vos aventures dans l'histoire et de nos recherches fructueuses dans un lieu moins dang...

— *Don't stir. If you move, I shoot!*

Les trois amis figent sur place. Les craintes du coureur des bois se sont concrétisées : le général Middleton, revenu au camp, les tient en joue. Brûlé chuchote alors à l'oreille de Thierry :

— Sois très attentif. Tu dois te rappeler la formule magique. Retiens bien ces trois mots : *Ireke etho jake.*

Le garçon se répète plusieurs fois la phrase pour la mémoriser et, d'un signe de tête, il indique à l'aventurier qu'il est prêt. Les trois prononcent alors les mots amérindiens et disparaissent, laissant le général médusé.

Le retour au musée de Thierry, d'Alexandre et de leurs compagnons d'aventures est célébré dans la joie. Tous sont soulagés. Thierry est bien content d'être revenu, mais il est bien conscient qu'il a causé des soucis à son meilleur ami.

— Je suis désolé d'avoir utilisé le vase sans te le dire, Alex...

— Ne t'inquiète pas pour ça, fait son ami pour le rassurer en lui donnant une tape amicale dans le dos.

— Au fait, pourquoi ne m'as-tu jamais dit que tu pouvais voyager dans le temps ? C'est vraiment *cool* !

— C'est une longue histoire, mais je te raconterai cela plus tard.

Les festivités sont de courte durée parce que tout le monde est épuisé. Les deux amis conviennent de rentrer chez eux pour se reposer, mais ils se promettent de revenir le lendemain pour faire un autre voyage dans le temps.

Chapitre 9

Une nouvelle mission

Thierry a finalement passé la nuit chez Alexandre. Le lendemain, le lever est difficile pour les deux adolescents. Leurs aventures rocambolesques les ont complètement vidés de leur énergie. Ils font donc la grasse matinée.

Comme promis, Alexandre explique à son ami qu'il a découvert la magie du musée et du vase amérindien à l'occasion d'une sortie scolaire. Il lui raconte qu'il est allé au sous-sol, même si l'accès en était interdit, et que la statue de Jacques Cartier lui a tout révélé. Alexandre parle avec passion de ses nombreux voyages avec Jacques Cartier, Samuel de Champlain, Étienne Brûlé, Jeanne Mance et Donnacona.

— Je comprends maintenant pourquoi tu tenais tant à sauver le musée, déclare Thierry.

— Tu te rappelles à quel point le maire était opposé à l'idée que la Ville accorde une aide financière au musée pour sa restauration?

— Je m'en souviens certainement. J'étais à l'hôtel de ville avec toi. Même la pétition que tu avais déposée n'avait pas convaincu monsieur Côté d'accorder une subvention au musée, mais la Ville a finalement changé d'idée. Je me demande encore pourquoi...

— J'ai triché avec le passé, révèle Alexandre, fier de lui.

Thierry est de plus en plus intéressé.

— Comment?

Alors, le jeune voyageur de l'espace-temps lui raconte tout son stratagème. Sa rencontre avec Napoléon Guité, l'architecte du musée, et la lettre déposée chez le notaire avec son testament.

— De retour à notre époque, j'ai communiqué avec Anne Laviolette, la petite-fille du notaire Georges Laviolette. Je lui ai demandé de consulter les archives de son grand-père, et elle a retrouvé la fameuse lettre de l'architecte.

— Alors, c'est cette lettre du passé qui a tout changé ! Wow ! Tu m'impressionnes, Alex !

— Au fait, j'oubliais de te dire : si le secret du vase est découvert, il risque de perdre toute sa magie. Alors, ne raconte cette histoire à personne, l'avertit Alexandre.

— C'est juré !

La voix du père d'Alexandre les interrompt.

— Alexandre, Thierry, le déjeuner est prêt.

— Nous arrivons !

Les deux garçons ont une faim de loup. Ils mangent avec appétit. Thierry avale une montagne de toasts.

— Bon sang, Thierry ! On dirait que tu as été privé de nourriture depuis une semaine ! lui dit Olivier en buvant son café encore fumant.

— C'est tout comme, monsieur Cyr.

Devant le regard interloqué du père d'Alexandre, le garçon change de sujet.

— Je me comprends. Merci encore de m'avoir permis de dormir chez vous la nuit dernière. Alexandre et moi devions réviser un travail d'histoire, dit-il en faisant un clin d'œil à son complice.

— Un travail sur quoi? demande Olivier.

— Sur les patriotes et les Métis de l'Ouest canadien.

— Vous êtes-vous avancés?

— Plus que j'aurais pu le penser. Il n'y a rien de mieux que de replonger dans le temps pour comprendre l'histoire, répond Thierry en souriant.

— D'ailleurs, nous devons y aller, ajoute Alexandre. Nous avons encore du pain sur la planche.

— Parlant de pain, puis-je avoir un autre toast, s'il vous plaît?

Olivier rit en entendant la requête de Thierry.

Une fois le déjeuner terminé, les deux aventuriers ne perdent pas de temps et quittent la maison. Le père d'Alexandre sourit en les regardant partir. Il est touché par l'amitié qui lie les deux garçons.

— Où sont Alexandre et Thierry? demande Christiane

— Aucune idée. Ils viennent de partir en coup de vent.

— Déjà! C'est à peine si je réussis à voir mon fils plus de quinze minutes par jour ces temps-ci.

— Je n'ai même pas eu le temps de demander à Alexandre quand il comptait revenir à la maison.

Alors que les parents du jeune homme discutent, les deux voyageurs de l'espace-temps arrivent au musée, tout essoufflés. Aussitôt, ils se figent sur place : la porte qui donne accès au sous-sol est entrou-verte.

— Ah non! ce n'est pas vrai! Quelqu'un est entré dans le musée! s'exclame Alexandre.

— Il est pourtant fermé pour les réno-vations. Ce n'est pas normal, remarque Thierry, inquiet. J'espère que ce n'est pas ce que nous pensons...

— Je l'espère aussi.

À pas feutrés, les deux amis se faufilent dans l'embrasure. Ils craignent que leur secret ait été découvert, bien que tout semble normal. Au loin, ils entendent les statues parler. Les deux garçons se rapprochent. Leur cœur bat la chamade.

— Pourquoi marchez-vous si lentement et si silencieusement ?

Alexandre et son copain sursautent et se retournent.

— Tu nous as fait peur, Madeleine ! Nous étions inquiets, car nous pensions que quelqu'un était entré au musée.

— Qu'est-ce qui vous fait croire cela ?

— La porte du sous-sol était ouverte.

La belle héroïne devient soudainement très mal à l'aise.

— Que se passe-t-il, Madeleine ? Tu es pâle comme un linge.

— C'est... C'est moi qui ai dû mal la refermer. Je suis allée prendre l'air tout à l'heure...

— Tu es sortie? Mais quelqu'un aurait pu te voir! Où avais-tu la tête?

— Il n'y avait personne, et je ne suis restée que quelques minutes. Je te demande pardon, Alexandre, mais je te rappelle que toi non plus, tu ne fais pas toujours attention de bien refermer la porte, remarque-t-elle en jetant un coup d'œil significatif à Thierry.

Le jeune aventurier rougit de honte devant le rappel de sa faute.

— C'est correct. Tout le monde peut être distrait, marmonne-t-il, davantage pour se déculpabiliser que pour soulager la jeune fille. L'important, c'est que personne d'autre n'ait découvert la magie du musée.

L'une des statues de cire, qui a entendu leur discussion, se dirige vers eux. Elle est coiffée d'une cornette et porte la robe noire des religieuses. Fidèle à lui-même, Thierry ne peut s'empêcher de faire de l'humour.

— Attention, il y a une corneille qui vole vers nous!

Alexandre et Madeleine se retournent et haussent les épaules.

— Franchement, Thierry ! Sois respectueux. C'est Marguerite Bourgeois. Elle est très gentille, tu verras, lance l'héroïne de Verchères.

— Bonjour à vous trois, dit la religieuse, fière de sa cornette. Nous étions en train de discuter de vos récentes aventures, les garçons ; nous pensions que vous auriez pris quelques jours de répit avant de revenir, question de vous remettre de vos émotions.

— Nous aurions pu, mais nous avions trop hâte de repartir à l'aventure.

— Cette fois, par contre, nous souhaitons effectuer un voyage reposant, sans danger et sans ennemis, précise Alexandre.

— Que diriez-vous de visiter mon école ?

— Oh ! vous savez, les écoles, ce n'est pas ce qui nous excite le plus, répond Thierry, visiblement refroidi par l'idée.

— Ça m'intéresse, moi ! réplique Alexandre en donnant un léger coup de coude à son ami.

— Voilà qui me fait le plus grand plaisir ! Faites-vous le voyage avec ces deux garçons, Madeleine ?

— J'accepte volontiers votre invitation.

Alors que Marguerite va chercher le vase magique, Thierry se tourne vers Alexandre et Madeleine pour leur révéler le fond de sa pensée.

— Nous ne pourrions pas faire un voyage un peu plus excitant? Je sais bien que nous nous sommes entendus pour un retour dans le passé calme et sans péril, mais de là à visiter une école avec une religieuse...

— C'est vrai qu'il y a plus attrayant comme séjour dans le passé, mais en matière d'aventures périlleuses, j'ai donné, et une sortie scolaire me convient parfaitement.

— D'accord, grogne Thierry, un peu déçu. Mais la prochaine fois, c'est moi qui choisis la destination.

— Essaie d'éviter les épisodes avec des fusils et des canons.

— Promis! répond l'apprenti aventurier en levant le bras bien haut pour faire un salut militaire.

Leur saut dans le passé les ramène en 1658. Marguerite Bourgeois leur fait fièrement visiter l'école qu'elle a fondée, la première de Ville-Marie, une ville que l'on nomme aujourd'hui Montréal. Il s'agit en fait d'une vieille étable rustique et pittoresque en pierre des champs, mesurant dix mètres carrés.

— Les enfants, vous êtes en face du premier établissement scolaire de Ville-Marie. C'est Paul de Chomedey, sieur de Maisonneuve, qui m'a cédé ce bâtiment afin que je puisse instruire les enfants des colons, ainsi que les Indiens.

— Vous êtes donc la première institutrice de Montréal, déclare Alexandre.

— Oui. J'enseigne à lire et à écrire aux enfants de la colonie. Les filles plus âgées acquièrent, pour leur part, des compétences qui les préparent à leurs futures responsabilités d'épouses et de mères. La foi est au cœur de tout mon enseignement. Mon instruction est basée sur ce double commandement de l'amour, qui se trouve dans l'Ancien et le Nouveau Testament : « Tu aimeras le Seigneur ton Dieu de tout ton cœur, de toute ton âme et de tout ton esprit, et tu aimeras ton prochain comme toi-même. »

Moins intéressé par cet aspect religieux, Alexandre suggère une visite de l'école. Thierry et Madeleine de Verchères lèvent le pouce dans les airs pour exprimer leur assentiment. Marguerite Bourgeois marche alors jusqu'à une échelle extérieure, posée contre une porte donnant accès au second étage de l'étable.

— Vous montez ? demande la religieuse en grimpant l'échelle.

En arrivant en haut, Alexandre et Thierry se disent que leur école n'est pas mal du tout, avec ses ordinateurs, son gymnase, sa cour de récréation, ses laboratoires, sa piscine, sa salle de jeu et sa vaste bibliothèque. Rien à voir avec cette salle sombre et exiguë où l'institutrice les a amenés !

— Voilà la classe où j'enseigne. Elle est petite, j'en conviens, mais pour l'instant, elle répond aux besoins. Nous retrouvons également, sur ce même étage, le dortoir où mes élèves peuvent dormir la nuit. C'est dans cette modeste étable que j'enseigne aux enfants à lire, à écrire et à compter.

— Avez-vous beaucoup d'élèves ? demande Alexandre.

— C'est très variable, vous savez. L'école n'est pas obligatoire, alors d'une journée à l'autre, je n'ai jamais le même nombre d'élèves dans ma classe.

— Les enfants ne sont pas obligés d'aller à l'école? dit l'adolescent étonné.

— Ils sont drôlement chanceux! ajoute Thierry.

— C'est une façon de voir les choses. Nous ne les obligeons pas à aller à l'école parce qu'ils ont de lourdes responsabilités. Les élèves ont plusieurs contraintes, comme la distance à parcourir pour venir à l'école, le rude climat, ainsi que les travaux domestiques et agricoles. Ils ne voyagent pas en autobus, eux.

— Alors, les enviez-vous encore? leur demande, taquine, la jeune Madeleine.

— À bien y penser, non, répondent les deux copains.

En descendant l'échelle, un mendiant s'approche de Marguerite Bourgeois et lui demande refuge dans son étable. Celle-ci acquiesce à sa demande en lui ouvrant la porte au rez-de-chaussée.

— Vous pouvez rester aussi longtemps que vous le voulez, monsieur. La porte de mon école est toujours ouverte aux personnes dans le besoin. Dieu est bon et aime tout le monde.

— Mais vous êtes une sainte ! s'exclame Madeleine de Verchères.

— Oui, en effet, dit Marguerite en souriant. Le pape Jean-Paul II m'a canonisée en 1982 et je suis vénérée comme sainte, à la fois par l'Église catholique romaine et par l'Église anglicane du Canada, mais cela m'intimide. Dieu a dit « Aime ton prochain » et je m'efforce seulement de respecter ses enseignements chaque jour.

— Ah, vous êtes *vraiment* une sainte ! Je disais cela simplement pour vous exprimer mon admiration...

— Vous êtes bien gentille, mais vous savez, tout le monde a des qualités. Je sais, par exemple, que vous êtes courageuse, ma petite Madeleine. J'ai entendu parler du siège que vous avez tenu au fort de votre père, alors que vous étiez attaquée par des Iroquois[2].

---

[2] Lire René COCHAUX. *Aventures dans l'histoire*, Montréal, Phœnix, 2009, 123 p.

— Je suis assez fière de ce fait d'armes, avoue la jeune fille, les joues légèrement rougies.

— Qu'est-ce qui est arrivé? demande Thierry, soudainement très intéressé.

— Une quarantaine d'Iroquois voulaient pénétrer à l'intérieur de la forteresse qui protégeait le manoir et les quelques bâtiments de la seigneurie de mon père. Nous étions une dizaine dans le fort et nous avons résisté aux assauts de nos ennemis pendant une semaine, avant que les renforts arrivent.

— Je m'en souviens comme si c'était hier, souligne Alexandre, qui se mêle à la discussion. En faisant un voyage avec Madeleine dans le passé, je suis revenu au moment même où cet épisode historique se produisait.

— Nous pourrions revenir au musée, suggère Thierry, impatient de choisir la prochaine destination dans l'espace-temps.

Les trois autres acceptent. Dès le retour, l'apprenti aventurier discute avec toutes les statues afin de décider avec qui il voyagera. Le garçon a bien l'intention de faire un séjour dans le passé un peu plus animé qu'une visite dans une vieille école avec une religieuse, aussi sympathique soit-elle. Il décide finalement de partir avec Pierre-Esprit Radisson, un coureur des bois et un explorateur, cofondateur de la Compagnie de la baie d'Hudson. Le personnage historique promet même à Thierry de lui confier une mission. Excité, le jeune garçon en parle à Alexandre et les deux amis se tapent dans les mains, prêts à relever le défi que leur a proposé le célèbre coureur des bois. Domayaga et Taignoagny, les deux fils de Donnacona, les accompagneront : Radisson a besoin de gens qui parlent la langue autochtone.

Au moment où les voyageurs temporels quittent le musée pour une nouvelle aventure, un incendie se déclare dans la toiture.

Chapitre 10

Au feu !

Alexandre, Thierry, Pierre-Esprit Radisson et les deux fils de Donnacona remontent dans le temps jusqu'en 1658. Une cinquantaine de Français s'activent dans un fort. Radisson explique aux garçons que ses collègues et lui craignent d'être massacrés par les Onontagués, l'une des six nations amérindiennes de langue iroquoise, et qu'ils ont secrètement préparé un plan d'évasion tout au long de l'hiver.

— Depuis un certain temps, nous sentons que les Onontagués nous sont hostiles et nous voulons quitter les lieux.

— Et vous mettez à exécution votre plan d'évasion ce soir, lance Alexandre pour conclure.

— Exactement. Comme je vous l'ai mentionné, je vais avoir besoin de vos services.

Les quatre garçons interpellent Radisson en même temps pour savoir ce qu'ils peuvent faire pour lui.

— Suivez-moi, j'ai quelque chose à vous montrer.

Le coureur des bois se dirige vers un endroit à l'abri des curieux, où les hommes du fort ont construit deux bateaux et huit canots.

— Nous prendrons le large à bord de ces embarcations. Il nous est, hélas, impossible de quitter le fort, avec ces bateaux et ces canots, en passant inaperçus. Il faut faire diversion, et votre aide est essentielle.

— Et si vous nous expliquiez votre plan en détail ? demande Alexandre.

— C'est assez simple : nous inviterons les Onontagués à une immense fête afin de leur prouver que nous pouvons être amis. Nous ferons un feu à l'extérieur des fortifications et nous les inviterons à manger, à boire et à fêter toute la soirée. De notre côté, nous nous garderons bien de manger et de boire exagérément. L'objectif est de les distraire et de les épuiser suffisamment pour que nous puissions nous échapper avec les embarcations sans qu'ils s'en aperçoivent.

— Que devons-nous faire? demandent aussitôt les deux amis.

— Vous aurez comme tâche d'amuser nos invités. Domayaga et Taignoagny, je compte sur vous, qui connaissez la langue iroquoise, pour expliquer aux Onontagués les jeux que proposeront Alexandre et Thierry.

Les quatre garçons se regardent et indiquent à leur chef qu'ils marchent avec lui.

— Allez, c'est à vous de jouer, annonce Radisson en montrant du doigt les autochtones qui commencent à arriver.

Domayaga et son frère se pointent les premiers. Ils expliquent aux invités qu'un festin composé de porc, de poisson, de venaison, de poulet, de blé d'Inde et d'eau-de-vie (de l'alcool) les attend. Les garçons leur indiquent aussi que leurs deux amis, Alexandre et Thierry, ont préparé, à leur attention, une série de jeux pour les divertir. Les Onontagués acceptent la proposition et se précipitent aussitôt vers les victuailles. Ils s'empiffrent sans gêne et abusent de l'eau-de-vie, dont ils raffolent. Alexandre fait signe à Domayaga qu'il est temps de passer au premier jeu. Celui-ci explique les règles aux Iroquois et les invite à se diviser en plusieurs équipes. Thierry s'amène avec une corde et donne le signal. La compétition de tir à la corde plaît bien aux autochtones, et ils souhaitent apprendre un autre jeu inventé par les Blancs. Après quelques bouchées et des rasades d'eau-de-vie, les Iroquois sont initiés aux chansons à répondre. Alexandre part le bal en entonnant le traditionnel *Prendre un petit coup c'est agréable.* Après les explications de Domayaga, les Iroquois, amusés, et de plus en plus enivrés, répètent du mieux qu'ils peuvent les paroles de la chanson. Alexandre court chercher des chaises et les aligne. Il chuchote les règles à Domayaga, qui les traduit aux invités. Légèrement titubants, les Onontagués se prêtent avec joie au jeu de la chaise musicale. Pendant ce temps, les habitants du fort transportent les embarcations jusqu'au plan d'eau sans être inquiétés ; elles leur permettront de prendre le large cette nuit. À leur retour, pour ne pas éveiller les soupçons, ils se joignent aux autochtones et prennent part aux festivités tout en évitant l'alcool. Au terme de la soirée, les Onontagués sont ivres morts! Ils mettent peu de temps à s'endormir.

— Mission accomplie, les gars! annonce Radisson.

— Nous ne pensions pas que les Onontagués aimaient autant fêter! avoue Alexandre.

— Nous avons constaté que les Indiens ont un faible pour l'alcool et qu'ils perdent un peu la tête. Allez, les garçons, il est temps de revenir, maintenant que je n'ai plus de craintes pour mes compagnons.

À leur retour, le musée est en feu! Les statues courent dans tous les sens. Jacques Cartier est le premier à s'exprimer.

— Que faire? Si nous utilisons les pouvoirs magiques du vase pour disparaître et que le musée est réduit en cendres, nous n'aurons plus d'endroit où revenir...

— Il faut quitter le musée! crie Alexandre. Le brasier est déjà trop imposant. Nous aviserons par la suite.

— Tu as raison. Dépêchons-nous!

À toute vitesse, les deux aventuriers et les personnages historiques sortent du musée.

Au même moment, les pompiers arrivent par dizaines et établissent un périmètre de sécurité. L'incendie est immense, les flammes sortent par les fenêtres, la toiture s'est affaissée. Le capitaine interpelle Alexandre et Thierry.

— Ne restez pas là, les jeunes, c'est trop dangereux. Qu'est-ce que ces statues font là ? C'est vous qui les avez sorties ?

— Oui ! La porte qui donne accès à la salle réservée aux statues de cire était ouverte. Notre instinct nous a poussés à rentrer pour les sauver des flammes.

— Vous avez fait drôlement vite ! Vous n'avez pas pensé nous appeler ?

— Non...

— Hum. Elles ne peuvent quand même pas rester là. La chaleur les fera fondre.

Le capitaine fait alors signe à certains de ses pompiers de transporter les personnages de cire en lieu sûr.

— Maintenant, les jeunes, éloignez-vous. Nous avons un dur combat à livrer.

J'ai l'impression que nous arrivons trop tard et que le musée sera une perte totale.

Positionnés autour de l'édifice en feu, les pompiers arrosent le brasier à grands coups de lances. Des collègues d'autres casernes viennent leur prêter main-forte, mais les flammes résistent. L'ampleur de l'incendie est telle qu'il est visible à des kilomètres à la ronde. Impuissants et désolés, les deux adolescents regardent le musée brûler. Tout à coup, Alexandre réalise que le vase magique s'y trouve encore.

— Thierry, nous avons oublié le vase amérindien ! Je dois aller le chercher !

— Tu es fou, Alex ! C'est bien trop risqué !

Thierry a à peine le temps de terminer sa phrase que son ami court en direction du brasier. Le capitaine le somme de revenir, mais il est trop tard : l'imprudent est déjà dans le bâtiment en feu. Alexandre se dirige tout droit vers le centre de la salle, où se trouve le vase ancien. La chaleur est intense, la fumée est dense et les flammes embrasent toute la pièce. Alexandre avance péniblement. Il regrette de s'être aventuré dans l'incendie, mais il se dit qu'il est trop tard pour reculer. Tâchant le plus possible d'éviter de respirer de la fumée, car il sait qu'elle peut s'avérer plus mortelle que les flammes, le garçon atteint finalement l'objet précieux. En revenant sur ses pas, il a du mal à voir la sortie et se fie à sa connaissance des lieux pour avancer. Tout à coup, une poutre se détache du plafond; Alexandre se protège avec son avant-bras, mais la poutre heurte violemment sa tête. Il tombe à la renverse et s'évanouit. Des pompiers pénètrent à leur tour dans le bâtiment dans l'espoir de retrouver le jeune garçon.

— Il est là, capitaine, je le vois, il est par terre!

Un pompier prend le blessé dans ses bras et sort du musée le plus rapidement possible. Il dépose Alexandre par terre, en retrait, et appelle les ambulanciers. Ils installent l'adolescent sur une civière et le montent dans l'ambulance. Au même moment, les parents d'Alexandre, qui ont appris que le musée brûlait en écoutant les

nouvelles à la radio, accourent vers le véhicule ambulancier : ils ont reconnu leur garçon. Christiane, en larmes, a tout juste le temps d'embrasser son fils ; les ambulanciers doivent partir pour l'hôpital. La pauvre mère regarde l'ambulance s'éloigner et s'écroule. Son mari l'aide à se redresser et tente du mieux qu'il peut de l'encourager.

— Il est entre bonnes mains, chérie. Notre garçon est solide, il survivra, j'en suis certain.

— Il est inconscient, Olivier, j'ai peur. Mais qu'est-ce qu'il y avait de si important dans ce musée pour qu'il risque ainsi sa vie ?

— Je l'ignore, Christiane, je l'ignore...

— Il voulait récupérer le vase amérindien, précise Thierry qui les a rejoints.

— Quoi ? Il a foncé dans le feu pour un vase ! Ce n'est pas croyable, dit la mère, éberluée.

— Alex a sans doute agi par instinct, fait Olivier, qui tente lui aussi de comprendre le geste de son garçon. Viens, Christiane. Allons à l'hôpital maintenant.

— Je peux vous accompagner ? demande Thierry.

— Certainement. Alexandre sera bien content de te voir lorsqu'il reprendra connaissance.

Chapitre 11

Alexandre dans le coma

À l'urgence, plusieurs personnes attendent leur tour. Une mère tente de calmer son bébé en le berçant. Elle a les traits tirés, comme la plupart des patients. Des malades sont allongés sur des civières en attendant que des lits se libèrent. Au poste, les infirmières s'affairent à remplir les dossiers des personnes hospitalisées. Christiane, anxieuse, interpelle l'une d'elles :

— Madame, mon garçon est arrivé en ambulance il y a quelques minutes...

— Quel est son nom ?

— Il s'appelle Alexandre. Alexandre Cyr.

L'infirmière jette un coup d'œil à ses dossiers.

— Il est encore aux soins intensifs. Asseyez-vous, un médecin viendra bientôt vous voir.

— Il ne va pas mourir! Dites-moi qu'il ne va pas mourir! supplie Christiane.

Mal à l'aise, la jeune femme est incapable de la réconforter.

— Je ne peux pas me prononcer, madame. Un médecin va venir vous rencontrer.

— Viens, chérie, ça ne sert à rien de s'énerver. Une équipe de spécialistes s'occupe de notre fils, dit Olivier en prenant son amoureuse par les épaules.

Incapable d'arrêter de sangloter, la mère se rend péniblement à la salle d'attente. Timidement, Thierry s'assoit à côté du père d'Alexandre, qui lui met la main sur l'épaule en signe d'amitié et d'encouragement. Le garçon retient ses larmes pour ne pas aviver la détresse et la tristesse des parents de son ami. Le médecin vient finalement les voir. Les trois se lèvent d'un bond.

— Êtes-vous les parents d'Alexandre Cyr?

— Oui, docteur, répond aussitôt Christiane. Est-ce que notre fils va s'en sortir?

— Alexandre a subi un traumatisme crânien. Tout indique, si nous nous fions à ses blessures, que votre garçon a pu se protéger la tête avec son avant-bras, ce qui a atténué le choc.

— Les nouvelles sont bonnes, si je comprends bien, fait Olivier.

— Le pire a été évité. Votre enfant a quelques brûlures et il est toujours inconscient, mais il devrait bientôt reprendre connaissance.

Soulagés, Christiane et Olivier s'enlacent. Ce dernier fait signe à Thierry de s'approcher et lui fait l'accolade à son tour.

— Pouvons-nous le voir, docteur? demande la mère.

— Votre fils est encore aux soins intensifs. Quand il sera transféré dans une chambre, nous vous préviendrons.

— Merci, docteur. Merci pour tout ce que vous faites.

— Nous ne faisons que notre travail, répond-il, modeste.

— Et si nous allions prendre un café à la cafétéria? propose Olivier.

Leur collation terminée, les trois regagnent la salle d'attente, plus bondée qu'à leur arrivée. Au terme d'une attente qui leur a semblé interminable, une femme vêtue de bleu pâle leur fait signe de la rejoindre.

— Êtes-vous les parents d'Alexandre Cyr?

— Oui.

— Votre fils a quitté les soins intensifs. Les médecins ont jugé que son état était assez stable pour le déplacer dans un autre service de l'hôpital. Il est à la chambre 203, au deuxième étage. Allez au bout de ce couloir et tournez à gauche. Les ascenseurs sont là.

Une autre infirmière se trouve dans la chambre lorsque Christiane, Olivier et Thierry y entrent.

— Vous avez un garçon bien solide... et chanceux, dit-elle en souriant. Je vous laisse maintenant. Si vous avez des questions, n'hésitez pas à venir nous voir.

— Merci, vous êtes bien gentille, lui répond Christiane.

Tandis qu'Olivier et Thierry restent debout, au pied du lit, la mère s'assoit aux côtés de son fils et l'embrasse sur le front.

— Alexandre, je ne sais pas si tu m'entends, mais sache que je t'aime. Tu nous as causé une frousse terrible ! Veux-tu bien me dire quelle était cette idée de récupérer un vase antique ?

— Le moins que l'on puisse dire, c'est que votre garçon est particulièrement attaché à ce musée.

Christiane, Olivier et Thierry se retournent pour voir qui vient de leur adresser la parole. Ils n'en croient pas leurs yeux.

— Monsieur le maire ! Que faites-vous ici ? demande Olivier.

— Les nouvelles circulent vite, vous savez. Tous les médias parlent de l'incendie du musée et de l'exploit de votre fils, répond le maire, Nicolas Côté.

— L'exploit d'Alexandre ? demande Olivier. Je dirais plutôt son geste téméraire. D'accord, mon fils a voulu sauver un vase amérindien des flammes, mais je ne vois pas pourquoi les médias en font tout un plat...

— Vous n'êtes pas au courant?

— Au courant de quoi?

— Avant de risquer sa vie pour retirer le fameux vase des flammes, votre garçon a réussi, avec l'aide d'un ami, m'a-t-on dit, à sortir toutes les statues de cire. Le musée est une perte totale, mais la collection de statues est intacte.

Le père se retourne vers Thierry. Le garçon s'empresse de répondre à la question silencieuse de l'homme, en essayant de se rappeler l'histoire que son ami a racontée au capitaine des pompiers.

— Oui! C'est bien moi qui ai aidé Alexandre. Nous passions devant le musée et nous nous sommes aperçus qu'il était en feu. Comme la porte du sous-sol était ouverte, nous nous sommes précipités vers la salle où se trouvaient les statues et nous nous sommes dépêchés de les sortir. Je me demande encore comment nous avons pu réussir.

— Ça alors, Thierry! Pourquoi ne me l'avais-tu pas dit?

— Je n'ai pas eu le temps. De toute façon, ce qui compte, c'est l'état de santé d'Alexandre.

Le garçon s'est empressé de changer de sujet. Il doit éviter toute question à propos du musée, des statues ou du vase. Il ne doit pas révéler leur secret.

— J'aimerais que vous m'appeliez, à l'hôtel de ville, dès que votre fils aura pris du mieux. Je souhaite le remercier personnellement et le féliciter de sa bravoure.

— Soyez sans crainte, monsieur le maire. Nous vous donnerons des nouvelles.

En quittant la chambre, le maire Nicolas Côté croise la responsable des communications du centre hospitalier.

— Bonjour, madame Roy. J'ai une bonne idée de la raison qui vous amène ici.

— Disons que je n'avais pas prévu de tels événements pour aujourd'hui. Je vais essayer de gérer la situation du mieux que je peux.

— En ce qui me concerne, dit le maire, cet événement me permet de faire une petite pause. La couverture médiatique est suffisamment axée sur les affaires de la ville, je ne me plaindrai pas que les journalistes s'intéressent à un autre sujet.

Tout en marchant, Olivia Roy dresse la liste des médias à convoquer. Il y a cinq stations de radio, un quotidien, deux hebdomadaires, trois stations de télévision régionale, deux réseaux de nouvelles télévisées en continu, ainsi que quelques cybermédias. Elle range son petit carnet en arrivant à la chambre d'Alexandre.

— Bonjour, puis-je entrer ? Je me présente : Olivia Roy, responsable des communications de l'hôpital.

— Bonjour, répondent Olivier et Christiane en lui tendant la main.

— Comment va votre fils ?

— Les médecins nous ont rassurés. Alexandre est hors de danger.

— Voilà une bonne nouvelle ! Je suis venue vous voir parce qu'une meute de journalistes aimeraient rencontrer votre garçon.

— Est-ce vraiment nécessaire ?

— Ils vont vous harceler tant qu'ils n'auront pas obtenu ce qu'ils veulent.

— Pourquoi s'intéressent-ils tant à Alexandre? demande Christiane, un peu agacée.

— Voyons, madame Cyr! Votre fils a fait un geste bien courageux.

— Ou stupide. Entrer dans un bâtiment en feu, c'est très dangereux.

— Mais il a sorti les trésors du musée des flammes. Même s'il a failli perdre la vie et qu'il est dans le coma, il a été sauvé par les pompiers, ces héros modernes! C'est un scénario digne de Hollywood! Les gens aiment ce genre d'histoire.

— Il est vrai que si cette aventure était arrivée à quelqu'un d'autre, j'aurais été le premier à lire le résumé dans le journal et à écouter les bulletins télévisés, déclare Olivier.

— Et dire que mon bel Alexandre rêve de devenir pompier, ajoute Christiane.

— Nous pourrions tenir une conférence de presse lorsque votre fils sera en état d'y participer. Entre-temps, je fais part de l'état de santé d'Alexandre aux journalistes et je demande aux médecins qui l'ont traité de répondre à leurs questions. Cela vous convient-il?

— Tout à fait. C'est gentil de vous en occuper.

— Allez, je vous laisse. J'espère que votre fils reprendra connaissance bientôt.

Maintenant seuls dans la chambre, Olivier, Christiane et Thierry retombent dans le mutisme. C'est le père qui rompt le silence.

— Je propose des visites en alternance. Comme nous ne savons pas quand Alexandre va rouvrir les yeux, cela ne sert à rien de rester tous les trois dans la chambre.

— Je veux rester la première, affirme Christiane.

— D'accord. Je prendrai la relève, puis Thierry me succédera. Comme ça, quelqu'un sera présent quand Alexandre sortira de son coma.

— Ça me va, dit le garçon.

Olivier et Thierry quittent la chambre et laissent la mère seule avec le jeune

« héros ». Chacun souhaite intérieurement être celui qui assistera à son réveil.

Chapitre 12

Le réveil du héros

Une semaine passe, et Alexandre demeure dans le coma. Le moral de ses parents et de son ami diminue au fil des jours. Olivier et Christiane font trois visites à l'église pour prier et allumer des lampions. Thierry les accompagne. Pour la première fois de sa vie, il entre dans un lieu de culte. La nef, le jubé, le chemin de croix, l'immense crucifix, les vitraux, le silence qui règne dans l'édifice et l'odeur de bois des bancs d'église l'intimident.

C'est après cette visite que le moment tant attendu arrive enfin.

— Thierry, c'est toi?

Le jeune garçon lève la tête et voit qu'Alexandre a entrouvert les yeux.

— Alex, tu es réveillé! Tu es enfin réveillé! Tu ne peux pas savoir comme je suis content!

— Où suis-je ?

— Tu es à l'hôpital. Tu étais dans le coma.

— Dans le coma ?

— Tu as perdu connaissance dans le musée en feu. Tu ne te souviens de rien ?

— Ne parle pas trop vite, tu m'étourdis, dit Alexandre faiblement.

— Oui, oui, ça va te revenir... Tu es retourné dans le musée pour prendre le vase amérindien.

— J'ai mal à la tête, Thierry. C'est encore très vague ce que tu me dis...

— À propos, j'ai une surprise pour toi. Je crois que cela te fera bien plaisir.

Thierry prend un sac, le pose doucement sur ses genoux et... en sort le vase antique.

— Tadam !

Alexandre tente de se redresser, mais il en est incapable.

— Tu ne rêves pas. J'ai bel et bien le vase amérindien.

— Ça y est, je me rappelle, dit Alexandre légèrement étourdi.

— Par curiosité, et surtout parce que j'étais en colère de te voir dans le coma à cause du vase, je suis retourné sur les lieux du sinistre. J'étais déterminé à le trouver, brisé ou non. L'accès était interdit, mais j'ai tout de même fouillé les décombres. J'étais sur le point d'abandonner mes recherches lorsque j'ai aperçu le vase. Il était sous un amoncellement de planches et de poutres. En parfait état !

Alexandre, qui reprend lentement ses esprits, se redresse finalement avec peine.

— Te rappelles-tu que nous avons pu sauver les statues ? demande Thierry

— Vaguement, répond Alexandre.

— Elles sont temporairement dans un entrepôt de la ville.

— Qu'est-ce que les autorités municipales veulent en faire ?

— Le maire en discutera lors de la prochaine réunion du conseil municipal. Je pense qu'il veut conserver les statues. D'ailleurs, le maire Côté est venu te voir l'autre jour. Il a même demandé à tes parents de l'appeler à ton réveil. Oh! Mais où ai-je la tête? Tes parents! Il faut leur téléphoner!

Thierry s'empresse de composer le numéro de téléphone et tend le combiné à son ami. Olivier répond après la première sonnerie.

— Oui, allô?

— Papa, c'est Alexandre.

— Alexandre!

— Oui, papa, dit le garçon, des sanglots dans la voix.

Le père a le cœur qui bat fort. Il appelle aussitôt sa femme, qui descend l'escalier à toute vitesse.

— Christiane! Notre fils est réveillé, notre Alex est au téléphone!

Folle de joie, elle arrache le combiné des mains de son mari pour parler à son fils adoré.

— Alex, c'est bien toi?

— Oui, maman ! J'ai tellement hâte de vous voir, toi et papa. Dépêchez-vous de venir.

Avant de rentrer dans la chambre où leur garçon est hospitalisé, Olivier fait signe à Christiane de s'arrêter et de prêter l'oreille. Thierry et Alexandre rigolent. Olivier sourit. Ça lui rappelle des souvenirs, à la fois beaux et tristes. Lui aussi, quand il était jeune, il avait eu un ami fidèle : Pascal. Ils étaient inséparables ! Mais un après-midi, un drame est survenu. Olivier avait douze ans et il revenait de l'école à pied lorsqu'il a vu un attroupement en bordure de la route. Il avait reconnu la bicyclette de Pascal, toute tordue sur l'asphalte, et son copain, étendu par terre ; Olivier avait compris que son Pascal était décédé. Il avait mis beaucoup de temps à faire son deuil. Olivier s'était fait d'autres amis, mais il n'avait jamais été aussi complice avec quelqu'un. C'est cette complicité qu'il remarque entre Alexandre et Thierry.

— Tu es encore dans la lune, Olivier ! À quoi penses-tu ? demande tendrement Christiane.

— À des souvenirs d'enfance, mon amour, répond Olivier en faisant signe à Christiane de rentrer dans la chambre.

La joie des retrouvailles est de courte durée. Le médecin chasse rapidement les trois visiteurs afin que son patient se repose. Il leur rappelle qu'il a reçu un très violent coup à la tête et qu'il devra encore rester quelques jours à l'hôpital. Il devra aussi passer une série de tests afin de s'assurer qu'il ne gardera pas de séquelles de ce fâcheux accident et que son cerveau est intact.

En se dirigeant vers la sortie de l'hôpital, Olivier et Christiane croisent la responsable des communications, qui leur rappelle leur entente : tenir une conférence de presse lorsque leur enfant serait en état d'y participer.

— Je vais vérifier auprès des médecins si nous pouvons procéder rapidement. Les journalistes m'appellent chaque jour pour prendre des nouvelles de votre fils.

— Oui, je sais, ils en parlent tous les jours dans les journaux, à la radio et à la télé, dit Olivier.

— Rentrez chez vous et profitez d'une bonne nuit de sommeil. Je suis convaincue que vous ne dormez pratiquement plus depuis l'incendie.

— Nous sommes effectivement très fatigués.

Prenant congé de madame Roy, les parents d'Alexandre retournent à la maison, le cœur plus léger.

Chapitre 13

Un maire courtois

Nicolas Côté discute avec son adjoint, Pierre Sauvé, de son horaire chargé. Il retire ses lunettes en demi-lunes, se masse légèrement le nez et nettoie ses verres.

— À neuf heures, dit l'adjoint, vous devez procéder à la première pelletée de terre d'un magasin de meubles dans le nouveau secteur des commerces de grandes surfaces. À dix heures, vous avez une rencontre avec le commissaire industriel et à midi, vous devez discuter de la relance du centre-ville avec le directeur de la Société de développement du centre-ville. La présidente de la Chambre de commerce aurait aimé vous rencontrer, mais je lui ai dit que c'était impossible.

— Tu as bien fait, Pierre. Je commence à en avoir soupé de tous ces rendez-vous. Nous discutons plus que nous n'agissons dans cette ville.

Leur conversation est interrompue par la secrétaire.

— Monsieur le maire, j'ai un appel pour vous. Il s'agit d'un dénommé Olivier Cyr.

— Je prends l'appel. Olivier Cyr est le père du jeune Alexandre qui a perdu connaissance dans l'incendie, dit-il à son chef de cabinet, intrigué.

— Bonjour, monsieur Cyr. J'espère que vous m'apportez de bonnes nouvelles.

— Alexandre a repris connaissance. Vous m'aviez demandé de vous en informer.

— Je suis bien heureux d'apprendre cette excellente nouvelle! affirme le maire en prenant son agenda pour le remettre à son adjoint. Je vous rejoins à l'hôpital dans quelques instants, si vous le voulez bien. À tout à l'heure.

— J'imagine que vous annulez vos rendez-vous? demande Sauvé au moment où son patron raccroche.

— Tu as tout compris, Pierre. Un peu d'humanité dans ce monde politique me fera le plus grand bien. Tu m'accompagnes?

— Pourquoi pas !

Les deux hommes se lèvent, enfilent leur veste et traversent le couloir qui sépare le bureau du maire de celui de la secrétaire.

— Madame Ratté, pourriez-vous joindre les personnes qui avaient un rendez-vous avec moi aujourd'hui pour leur indiquer que je dois tout annuler ?

— Je leur fixe un autre rendez-vous ?

— Voyez cela avec Pierre à notre retour.

— Bien, monsieur, bonne journée.

— Vous êtes très bien habillée aujourd'hui, Andréanne. Ces vêtements vous vont à ravir.

— Merci beaucoup, réplique la secrétaire, quelque peu gênée par la courtoisie inhabituelle du maire.

— Que se passe-t-il avec vous, Nicolas ? Je ne vous ai jamais vu complimenter une femme ainsi, remarque son chef de cabinet.

— J'en ai marre de passer pour un homme bourru. C'est mon dernier mandat à la mairie, et j'aimerais bien laisser une meilleure image que celle que je donne actuellement.

À l'hôpital, les deux hommes sont accueillis par le père d'Alexandre, qui patiente à l'extérieur. Il leur tend la main et les invite à le suivre. La poignée de main franche et solide du maire Côté fait bonne impression à Olivier.

— Alexandre, j'ai de la grande visite pour toi.

— De la grande visite ?

— Bonjour, jeune homme, me reconnais-tu ? Je suis le maire Côté.

— Oui, oui, je vous reconnais. Je suis surpris de vous voir.

— Je voulais revoir notre jeune héros municipal. Tu sais que toute la ville parle de toi ? Les médias commencent tous leurs bulletins de nouvelles avec ton histoire. Les premières pages des journaux te sont consacrées. D'ailleurs, en chemin, j'ai discuté au téléphone avec Olivia Roy, la responsable des communications de l'hôpital, et nous avons convié les médias à une conférence de presse ici même, en fin d'après-midi.

— Mais je ne saurai pas quoi dire aux journalistes, moi ! proteste Alexandre.

— Tu n'auras qu'à décrire ce que tu as fait et à leur parler de ton état de santé.

— Je ne serai pas seul, j'espère ?

— Mais non ! Je serai présent, de même que madame Roy et Amélie Lafleur, la conservatrice du musée – de l'ex-musée, devrais-je dire. Le capitaine du service des incendies, Marc-François Chamaillard, y sera aussi.

— Vous prévoyez une grosse conférence, en déduit l'adolescent, de plus en plus intimidé.

— Les chaînes de nouvelles en continu diffuseront la conférence en direct. Ça te donne une idée ! Mais prends le temps de relaxer, reste naturel, et tout ira très bien. De toute façon, ce ne sera pas ton premier discours en public, précise le maire en souriant.

— C'est vrai, dit Alexandre en se rappelant sa dernière aventure.

— La conférence est à treize heures, je viendrai te chercher une dizaine de minutes avant. Entre-temps, je dois faire des appels afin de vérifier quelques informations. Je ne veux pas trop m'avancer, mais j'ai bon espoir de pouvoir annoncer de bonnes nouvelles durant la rencontre de presse.

— De quelles bonnes nouvelles parlez-vous ?

Le visage du maire s'illumine, alors que s'y dessine un large sourire.

— Je n'ose pas trop en dire, mais mon expérience politique m'indique que les démarches que j'ai entreprises porteront leurs fruits. Je peux seulement te confier que ça concerne le musée et les statues de cire. À tout à l'heure, mon jeune ami !

Alexandre aurait bien aimé poser d'autres questions au maire Côté, mais celui-ci a déjà quitté la chambre.

— Je n'aurais pas cru dire cela un jour, mais le maire est beaucoup plus humain et sympathique qu'il en a l'air, dit Olivier.

— Je suis d'accord, réplique son fils en souriant.

Chapitre 14

Un nouveau musée

La conférence de presse, prévue pour treize heures, a déjà une heure de retard quand Olivia Roy se dirige finalement vers le micro pour aviser les journalistes que la conférence peut commencer. Elle nomme à tour de rôle les personnes qui prendront la parole et annonce qu'il y aura une période de questions pour conclure. Le capitaine Chamaillard rappelle les circonstances du sinistre et rend compte des dégâts causés par le brasier.

— Le feu a pris naissance dans la toiture et s'est rapidement propagé. Tout indique que le feu est d'origine électrique. L'édifice est une perte totale. Le bâtiment était vieux, sa charpente était en bois et plusieurs salles du musée n'étaient pas pourvues de gicleurs. Nous aurions bien aimé récupérer les pièces de collection qui s'y trouvaient, mais tout a été réduit en cendres.

Amélie Lafleur, la conservatrice du musée, revenue précipitamment de vacances, lui succède au micro. Elle dit avoir entamé des discussions avec des responsables de collections d'autres musées d'histoire, qui souhaitent acquérir les statues de cire sauvées de l'incendie.

— Je tiens toutefois à souligner que notre priorité est de conserver nos personnages historiques. Nous avons également entrepris des négociations avec des propriétaires d'immeubles vacants. Malheureusement, peu d'édifices sont propices à l'aménagement d'un musée d'histoire.

Prenant à son tour la parole, Alexandre explique avoir vu le feu et s'être précipité, en compagnie de son ami Thierry, en direction de la salle où se trouvaient les statues.

— Nous avons agi le plus vite possible. Nous avons pris les statues et nous les avons sorties l'une après l'autre.

— Pourquoi êtes-vous retourné dans le musée par après ? lui demande un journaliste.

— Je n'ai pas vraiment réfléchi. Je me suis rappelé qu'il y avait un très vieux vase amérindien et je me suis dit qu'il fallait le sauver lui aussi. C'est tout.

— Vous avez failli y laisser votre peau, remarque un autre journaliste.

— Vous aurez l'occasion de vous entretenir individuellement avec Alexandre, rappelle Olivia Roy, qui cherche ainsi à couper court à la discussion. J'invite maintenant le maire Côté à prendre la parole. Il semble que monsieur le maire a de bonnes nouvelles à nous annoncer.

Nicolas Côté regarde l'assistance par-dessus ses lunettes. Il jette un dernier coup d'œil à ses notes et se racle la gorge.

— Je tiens d'abord à m'excuser pour le retard, j'en suis le responsable. J'attendais des appels importants, que j'ai finalement reçus. Je vous annonce que le musée d'histoire sera reconstruit ! Mes collègues des gouvernements provincial et fédéral m'ont confirmé, il y a quelques minutes, que la reconstruction du musée s'inscrit parfaitement dans le cadre du programme d'infrastructures, destiné aux immeubles culturels et patrimoniaux. L'enveloppe budgétaire prévue à cette fin n'avait pas été entièrement utilisée, si bien que la somme restante nous est attribuée. Le montant est suffisant pour reconstruire un musée, qui fera notre fierté. Je lance donc une invitation aux firmes d'architectes du Québec. L'ancien musée, dessiné par Napoléon Guité, combinait les styles victorien et Second Empire. Je leur demande de nous soumettre des plans et devis d'un bâtiment qui respectera le plus possible ces caractéristiques architecturales et patrimoniales.

Alexandre n'en croit pas ses oreilles! Il se retient pour ne pas sauter de joie.

— Tu entends ça, Thierry? chuchote-t-il à l'oreille de son ami. Ils vont reconstruire le musée! Ça veut dire que les statues resteront ici!

— J'ai bien hâte de les revoir, celles-là. Je meurs d'envie de voyager dans le temps à nouveau!

***

En dix-huit mois, grâce au travail assidu des architectes et des entrepreneurs, le musée d'histoire renaît de ses cendres, comme un phénix. Il est pratiquement identique à l'ancien, à quelques exceptions près. Le bâtiment moderne est doté de gicleurs, sa toiture est en tôle et non en cuivre, et le système de chauffage est électrique. Il ne manque que cette vieille odeur de bois qui se dégageait des murs de l'ancien musée.

De très nombreux citoyens se sont déplacés pour l'inauguration de la nouvelle attraction touristique. Le maire Côté invite Alexandre à couper le traditionnel ruban, et la foule applaudit. Rayonnante de joie, la conservatrice du musée invite alors le public à faire la visite des lieux. Thierry se faufile pour rejoindre son ami, et les deux se précipitent aussitôt vers la salle des statues. Les personnages historiques et le vase magique sont placés exactement aux mêmes endroits. Jacques Cartier, Samuel de Champlain, Étienne Brûlé et les autres sont tous là ! Les deux aventuriers lancent un clin d'œil complice à leurs compagnons immobiles. Ces derniers ne peuvent pas leur répondre, mais les deux garçons savent bien qu'ils sont heureux de les revoir. Soudain, la voix d'Amélie Lafleur les tire de leur contemplation. Elle vient d'entrer dans la salle avec un groupe de curieux et leur présente l'une des statues.

— Vous vous trouvez ici devant Louis Joseph, marquis de Montcalm, commandant de l'armée française en Nouvelle-France, assassiné par les troupes anglaises lors de la bataille des plaines d'Abraham aux portes de Québec en 1759.

Les deux amis échangent un regard.

— La prochaine fois ? chuchote Thierry.

— Oui, la prochaine fois, on y va !

Les deux voyageurs se frottent les mains. Ils rêvent déjà à leurs prochaines aventures et se jurent aussi d'être plus prudents.

Enfin... s'ils y arrivent !

FIN

TABLE DES MATIÈRES

René Cochaux

Né à Québec, René Cochaux exerce la profession de journaliste depuis 1986. Il travaille actuellement à Sherbrooke pour la radio de Radio-Canada. En 2000, il se prête au jeu de l'écriture avec un conte illustré, *Il faut sauver le roi*. René renouvelle l'expérience avec un roman pour préadolescents, *Aventures dans l'histoire*. Avec ce récit, et sa suite, *À la rescousse de Thierry*, il désire susciter chez les jeunes un réel intérêt pour l'histoire du Québec.

Sarah Chamaillard

Bonjour! C'est moi l'illustratrice de ce roman. J'espère que mes illustrations plairont aux lecteurs de cette aventure exceptionnelle qui m'a très fortement inspirée. En tant qu'illustratrice, je dois savoir représenter toutes sortes d'idées et je me suis beaucoup amusée à dessiner quelques personnages historiques.

Je vous souhaite une bonne lecture!